KB021877

처제집 인간풍경

처제집 인간풍경

곽설리 연작소설

문학나무

작가의 말

거부할 수 없는 손님과의 만남

2023년, 상서로운 해에 나는 꼭 이 책을 간행하기로 마음먹었다. 나의 원래 계획은 그동안 발표했었던 글과 아직 발표하지 않은 글들을 모아 책을 내는 것이었다. 그런데 뜻밖에 엉뚱한 손님이 찾아왔다. '처용과 제우스'였다. 도저히 거부할 수 없는 손님이었다.

나는 처용과 제우스가 만나는 장면을 목격했다. 그건 정말 미국 엘에이에 살고있는 나에게 아주 의미심장한 사건이었다. 처용과 제우스는 〈처제집〉에 자주 출몰했다. 그러니까 나는 〈처제집〉에서 2023년 대부분을 보낸 셈이었다. 나는 그 〈처제집〉에서 다양한 사람들을 만날 수 있었고, 기쁠 때나 슬플 때나 아플 때나 외로울 때나 〈처제집〉에서 만난 이들의 많은 위로 속에서 행복한 시간을 보냈다.

책 제목을 《처제집 인간풍경》으로 정한 것은 〈처제집〉이 상징적인 가상의 공간이기 때문이다. 〈처제집〉은 내가 살고있는 엘에이뿐만 아니라, 세계 어느 도시 어느 골목 한 귀퉁이에나 있을 것으로 나는 믿는다. 서울이건 뉴욕이건 파리건 사람 사는 곳 어디에건 사라져가는 사람냄새와 정과 낭만을 아쉬워하는 사람들은 있을 것이다. 함께 신화와 전설의 세계를 그리워하며 술잔을 기울이며 외로움을 달랠 것이다.

이 작품의 〈처제집〉도 세상 어디에나 있을 법한 그런 공간으로 읽어주시기 바란다. 황량한 사막 한 귀퉁이의 오아시스 같은….

평소에도 나는 늘 동양과 서양은 결국 둘이 아닌 하나라는 믿음을 가지고 있었기에, 글 속에서도 동양의 상징인 처용과 서양을 상징하는 제우스의 만남을 주도하게 되었다. 그러니까, 처용과 제우스를 통해 동양과 서양의 만남과 화합을 꿈꾸어 본 것이다.

물론, 그런 의도 이외에도 역사와 신화 속 인물을 우리의 현실 세계로 모셔와 다시 등장시킨 건, 결국 서양과 동양의 긍정적 융합과 어울림, 아날로그와 디지털의 어쩔 수 없는 부딪침, 사라져가는 전통과 낭만, 하루가 다르게 일그러지고 망가져가는 현실에 대한 절박한 애틋함 때문이다.

우리가 아무리 미래라는 신비하고 새로운 변화의 시대 앞에 놓여 있다고 한들 그 미래 역시 본질적으로는 결국 역사와 신화의 토대 위에 놓여 있고, 모든 새로운 디지털 문화의 뒤에는 아날로그 문화가 자리하고 있는 것이다. 그러니 앞으로 맞이하게 될 변화 역시 낯설지 않게 접근하고 싶은 기대와 믿음을 갖고 싶었다.

글쓰기는 모든 것을 혼자서 오롯이 감당해야 하는 외롭고 고단한 작업이다. 그러다 보니 지나치게 자기 세계에 함몰되어 허우적거리는 일도 많다. 그래서 '첫 독자'가 매우 소중하다. 성실하고 날카로운 '첫 독자'를 가진 작가는 행복한 사람이다.

이번 작업은 운 좋게 '글벗동인'에서 함께 공부하는 장소현 선생님께서 객관적인 '첫 독자'가 되어 주셔서 방향을 잃고 비틀거리며 헤매던 많은 부분이 바로잡혔다. 세상을 살며 선생님을 만난 일은 내 생애에 큰 복이다.

아직도 한없이 부족한 나의 글을 매번 책으로 나올 수 있도록 따뜻한 마음으로 지켜봐 주시고 도와주시는 황충상 주간님과 장소현 선생님께서 부디 오래 함께 계시며 글의 길을 인도해주시길 기도드린다.

2023년 초겨울 엘에이에서
곽설리

차례

연작소설

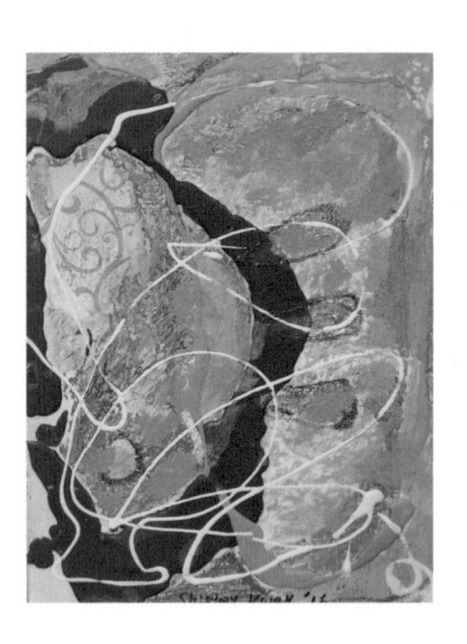

그 골목길

잊지 마시게! 지금 온 세상이 가느다란 전깃줄에 대롱대롱 매달려 있다는 슬프고 아슬아슬한 현실을. 그러니 잠들지 말고 깨어나시게!

그 골목길

오랫동안 이어지고 있는 정전에 대해 진지하게 생각하는 사람을 만난 것은 우연이었다. 나는 엉뚱한 곳에서 그 사람과 마주친 것이다.

남자가 말했다. 술에 잔뜩 취해 휘청거리는 것 같기도 하고, 세상 모든 일을 깨우친 것 같기도 한 목소리였다.

–세상은 지금 정전되고 있네. 전기가 끊어지면 어떤 일이 벌어지는지는 잘 아시겠지? 컴퓨터와 모든 것이 멈추고, 온 세상이 캄캄해지면 인간들은 놀라서 어쩔 줄 모르고 그저 촛불이나 켜고 기다릴 뿐이지! 촛불 따위론 어림도 없는 일이라는 걸 알지만 다른 방법을 모르니 어쩌겠나?

남자의 목소리가 한층 우렁차고 날카로워졌다. 무슨 선

언문을 낭독하는 투사 같았다.

-잊지 마시게! 지금 온 세상이 가느다란 전깃줄에 대롱대롱 매달려 있다는 슬프고 아슬아슬한 현실을, 그걸 잊어선 안 돼! 그러니 잠들지 마시게!

그리고 그는 사라져버렸다. 연기처럼.

무언가를 생각할 때면 해답을 찾을 때까지 이리저리 궁리하며 아무 길이나 오래도록 걷는 습관이 있던 나는 그날 밤도 골똘히 생각에 잠겨 좁고 어두운 골목길을 걷고 있었다.

골목길이란 원래 그렇듯 고만고만한 집들이 다닥다닥 붙어있고 어딘가에서 사람 사는 소리가 들려오는 곳이다. 가족들이 모여 오순도순 나누는 이야기 소리가 아련하게 들려오는가 하면 웃음소리와 그릇 부딪치는 소리, 음식 냄새, 싸우는 소리, 사람 냄새 물씬 나는 편안한 곳. 그 소음들은 신경을 조금도 거스르지 않았고, 오히려 상상력을 넓혀주었고, 마음 놓고 좀 더 깊이 나만의 생각 속으로 빠져들 수 있게 해주었다.

나는 걸음을 멈추고 어느 집 창가에서 들려오는 이야기 소리에 귀 기울였다.

'엄마! 할아버지는 어디 갔어?'

'납치당한 후 행방불명이 되셨지.'

'말구 삼촌은?'

'의용군으로 끌려간 후 소식이 끊겨버렸어.'

'데레사 아줌마와 시릴로 막내 삼촌은?'

'(긴 한숨에 이어) 글쎄다! 너무 어렸으니 아마도 그때 죽었을 거야.'

'그럼 모두 죽거나 사라진 거야?'

'그런 셈이지, 그런 셈이야.'

'그런데 우린 어떻게 살아있는 거야?'

늘 전쟁이 문제였다. 아! 생각을 말자! 그러나 멈출 줄 알았던 생각은 삶의 지류를 따라 강물처럼 흘렀다. 잔잔한 슬픔은 어느새 분노가 되었고 참을 수 없는 격류는 용솟음치다가 거대한 쓰나미가 되었다.

문득 생뚱맞은 생각이 떠올랐다. 저 동쪽에 있는 작은 나라는 아직도 정전(停戰) 협정만 맺은 상태로 전쟁을 끝내지 못하고, 철조망이 녹슬고 자주 정전(停電)이 되곤 한다. 하지만 지금 나는 지극히 평온하게 걷고 있다. 어디선가 또 다른 이야기 소리가 들려왔다.

'당신이 알 리가 없지.'

'모른다고?'

'당신은 모를 거야! 거장들의 곡들을. 아니, 그 한 음절만이라도 반복하는 순간이 얼마나 소중한지, 얼마나 큰 영광인지를, 벅차도록 의미 있는 일인지를. 그건 마치 미치도록 사랑하는 이의 얼굴을 한 번만이라도 보게 되는 것만큼 황홀한 일이라고.'

'내가 왜 우냐고? 그건 인간이란 존재가 너무 아름다워서야! 그런데 정작 인간들은 터무니없는 까닭을 말할 뿐 자신이 얼마나 아름다운지를 모르지. 그게 내가 울 수밖에 없는 이유야. 그나저나 이놈의 정전은 언제나 끝나는 거야? 지긋지긋해 정말! 촛불로는 너무 어두워! 촛불은 너무 흔들려! 하지만 그 덕에 당신이 육성으로 부르는 노래를 생생하게 들을 수 있으니 난 행복해!'

'정말?'

'응, 정말 행복해.'

그러자 남자가 '네순 도르마'를 부르기 시작했다. 아까 정전에 대한 선언을 하고 사라진 남자의 목소리 같기도 했다.

오페라 《투란도트(Turandot)》의 아리아 '네순 도르마'는 나도 정말 좋아하는 노래였다. '아무도 잠들지 말라'는 그 노래는 밤이 와도 쉬 잠들 수 없어 고뇌하는 이들이 밤거리를 배회하며 듣기에 더없이 적절한 노래였다.

나는 카루소부터 파바로티, 도밍고, 카레라스, 폴 포츠, 안드레아 보첼리, 세라 브라잇만에 이르기까지 모든 '네순 도르마'를 좋아했다. 엔돌핀이 넘치는 영감으로 꽉 찬 유익한 선물의 노래였다.

아무도 잠들지 말라
아무도 잠들지 말라
오 공주님, 당신도 마찬가지에요
차가운 방 안에서
저 별을 보세요
사랑과 희망으로 떨고 있는

나는 네순 도르마를 조용히 따라 부르며, 투란도트의 수수께끼를 생각했다.

첫 번째 문제. '어두운 밤을 가르며 날아다니는 환상. 모두가 원하는 환상. 밤마다 새롭게 태어나고 아침이 되면 죽는 것은?'

두 번째 문제. '불꽃처럼 타오르지만 불꽃은 아니며, 너

의 삶이 다하면 차가워지고, 정복을 꿈꾸면 타오르다 석양처럼 붉은 것은?'

정답. '희망과 피.'

정전이 되면 희망도 피도 굳어져버리는 걸까?

갑자기 골목길이 캄캄해지기 시작했다. 정전이다! 정전은 늘 예고 없이 들이닥친다. 새카만 골목길에서 아무도 잠들지 말라는 노래를 들으며 나는 스르르 잠이 들었다. 그러다가 남자의 목소리에 놀라서 깨어났다.

-잊지 마시게! 지금 온 세상이 가느다란 전깃줄에 대롱대롱 매달려 있다는 슬프고 아슬아슬한 현실을. 그걸 잊어선 안 돼! 그러니 잠들지 말고 깨어나시게!

골목길은 여전히 캄캄했다. 아무도 이 정전이 언제나 끝날지 알려줄 것 같지 않았다. 그냥 캄캄한 가운데 '잠들지 말라, 잠들면 안 된다'는 소리만 요란했다.

어느 날, 나는 정전에 얽힌 사연을 좀 더 깊게 알고 싶어 그 골목길을 다시 찾았다. 그런데 아무리 헤매도 그 골목길들은 낯설기만 했다. 조그만 가게와 고만고만한 집들이 늘어서 있었던 골목길엔 끝이 보이지 않는 빌딩과 아파트가 위용을 떨치며 서 있었다.

나는 빌딩 숲만 헤매다 돌아왔다. 그래도 남자의 우렁찬 선언은 선명했고, 어디선가 칼라프의 승리를 확신하는 그 유명한 아리아 '네순 도르마'의 아름다운 음률이 은하수처럼 흐르고 있는 것만 같았다.

오 밤이여 사라져라
별들이여 잠들어라

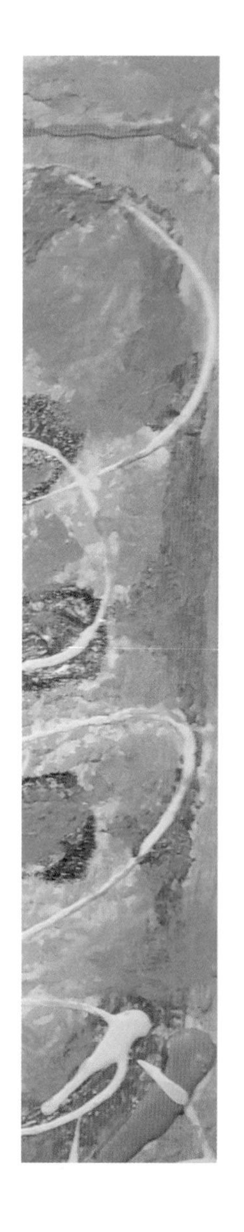

서라벌 처용 이야기

처용과 제우스의 집

우주 속의 신비한 푸른 별이라고 부르는
반짝이는 작은 별 지구에서,
머지않아 모든 지혜가 푸른 별처럼 쏟아져 나온다.

처용과 제우스의 집

1

나는 무대 쪽으로 고개를 돌렸다. 술집 한쪽에 마련된 무대에서 밥 딜런을 닮은 깡마른 젊은 남자가 '블로인 인 더 윈드'를 부르고 있었다. 오래전 자주 라디오에서 흘러나오던 노래였다.

오 친구여, 그 대답은
바람만이 알고 있다네
바람만이 알고 있다네

"저 노래 정말 오랜만에 들어 보네요?"

누군가 말했다.

-지난번에도 저 가수가 저 노래를 하더군요. 아! 참! 그동안 뜸하셨군요?

-저 '블로윈 인 더 윈드'는 가장 많이 알려진 밥 딜런의 반전 노래지요.

-지금 러시아와 우크라이나의 전쟁 때문에 저 노래가 무대 위에 오르는 모양이죠?

-아, 그렇네요!

나는 사람들의 이야기를 들으며 생각했다. 나는 개인적으로 반전 노래를 좋아하지 않았다. 만약 이 지구상에서 비참한 전쟁이 존재하지 않았다면 굳이 이런 반전 노래를 짓지 않았을 테고, 인간들의 삶 역시 좀 더 바람직한 쪽으로 발전했을 것이다. 반전이란 살벌한 단어도 인간들의 삶 속에 끼어들지 않았으리라. 그러나 세상은 늘 잠깐동안 잠잠한듯하다가도 전쟁이란 부조리 속으로 곤두박질치곤 했다. 그리고 지금도 지구의 어딘가에서 또 전쟁이 일어나고 있는 것이다.

나는 그 누구도 전쟁으로 폐허가 된 길을 걷지 않기를 바라고 있었고. 어떤 형태로든 폭력과 범죄가 지구에서 영원히 사라지기를 기원했다.

2

그냥 보기에 그 선술집은 보통 선술집같이 작고 아담한 규모였지만 의외에도 술집 한쪽에 반듯한 무대가 마련되어 있었다. 벽에는 무대에 오를 가수들의 노래와 공연에 대한 사진들과 선전문구들이 다닥다닥 붙여져 있어 너저분한 대로 아늑하고 편안한 느낌을 주는 곳이었다.

-'처제집'에 오신 것을 환영합니다! 처음 뵙는 손님이시네.

하회탈을 연상시키는 인상의 주인아저씨가 손님이 올 때마다 친절하게 다가와 테이블로 안내해 주었다.

처제집? 특이한 이름이었다.

'그러니까 부인의 여동생이란 처제?'

그동안 장모집, 처갓집, 이모네, 삼촌집, 누나네, 할매나 할배집, 심지어 시누이집, 올케집 같은 건 들어보았지만, 처제집이라니.

주인아저씨가 테이블 위에 묵직한 나무쟁반을 내려놓았다. 나는 그제야 하루 중 마음의 기온이 낮아지는 저녁 무렵에 제대로 된 선술집을 찾아온 것을 알게 되었다. 쟁반 위엔 맛깔스런 열무김치가 있고, 내가 방금 주문한 빈대떡이 쇠접시 위에서 먹음직스럽게 지글거렸고, 뚝배기에 담긴 막걸리가 특유의 달짝지근한 발효 냄새를 풍겼다.

찬찬히 살펴보니 술집 안 벽면엔 손님들이 술을 마시다 흥취가 돋을 때면 자신의 이름을 새겨놓거나 누군가에게 편지를 쓰는 등, 어지러운 낙서로 홍수 때 강물처럼 제멋대로 출렁이고 있었다. 평화, 전쟁반대, 지구사랑, 사랑, 낭만 따위의 낱말들이었다. 그중에서도 크고 굵은 글씨가 눈길을 끌었다.

'처용과 제우스의 필연적 만남!'

막걸리를 한 모금 마시던 나는 호기심을 참지 못하고 분주히 음식을 나르는 주인아저씨를 불러 세웠다.

-아저씨! 잠깐만요! 그러니까 이 처용은 정말 그 동해 용왕 처용이고, 이 제우스는 서양의 신 제우스란 말이죠?

-거 참 의심이 많은 분이로구만! 물론이죠! 벽에 쓰인 대롭니다.

그래도 나의 궁금증은 가라앉지 않았다.

-동해 용왕 처용은 그렇다 치고 도대체 어떤 경위로 올림퍼스의 신 제우스까지 이곳을 찾게 된 거죠?

-그야 뭐! 아주 오래전 일이니 나도 모르지.

그러니까, 구전으로만 들어왔던 어떤 만남 즉, 먼 시간

전에 있었던 동서양의 감동적인 만남을 이 선술집에서 직접 확인하는 순간이었다.

–아저씨! 그러니까 처용과 제우스가 이곳에서 만난 게 사실이라고요?

–만난 것만 아니라, 실은 요즘도 이 처제집을 자주 찾고 있다오. 어제 저녁에도 이곳을 찾았으니 말이요. 우리 단골손님들에게 확인해도 좋소!

–네엣! 어제 저녁에도요?

나는 깜짝 놀랐다.

–하하하! 그렇게 놀랄 것 없어요! 모두들 처용과 제우스를 직접 만나보기 전엔 손님처럼 잔뜩 의심스러운 눈초리로 나를 바라보니 말이지! 근데 말이지요, 대체? 동해 용왕의 아들 처용, 신 중의 신 제우스의 만남이 뭐가 그리 이상합니까? 우리 집은 처용과 제우스의 머리글자를 따서 '처제집'이 되었다우. 언제부턴가 우리 단골손님들이 우리 집 이름을 그렇게 지어줍디다. 난 자랑스럽게 생각하지요.

주인아저씨의 설명이었다.

–세상에! 그래도 왜? 어떤 경위로? 처용과 제우스가 하필이면 이 '처제집'을 찾게 된 거죠?

-그야 뭐! 각자가 마음대로 생각하면 되는 것 아닌가? 그런 일이야 낸들 세세히 알 수 있나? 알 필요도 없는 일이지. 안 그래요?

주인아저씨는 별일 아니라는 듯 심드렁하게 말했지만, 나는 새삼 퇴색된 회벽에 넘실대는 낙서들이 마치 알타미라 동굴의 암각화만큼 의미심장하게 느껴졌다.

'진정한 사람이 되기 위해서 얼마나 많은 길을 걸어야 하는 걸까.'

나의 의식에 대한 물음에 주인아저씨는 하는 수 없이 옆자리에 앉았다.

-아저씨? 이게 다 뭐죠? 그러니까 처용과 제우스가 여기에서 의형제를 맺었다고요?

나는 처제집 벽의 어지러운 낙서를 바라보며 물었다. 주인아저씨는 순순히 나에게 이야기를 들려주었다.

-실은 나도 그 현장을 목격했었지. 처용과 제우스는 우리 집으로 들어서자마자 반갑게 인사를 나누고 말을 주고받더구먼. 내가 보기에도 아주 죽이 잘 맞는 만남이었어. 아주 오래된 친구 같았지.

-처용 형! 오늘 우리의 만남을 기념하는 뜻에서 시원하

게 한 잔 합시다.

주인아저씨는 제우스가 처용에게 술을 권했고, 둘은 그야말로 화기애애하게 한 잔 하더라고 했다.

–뭐, 자신들의 만남이 '위대한 동양과 서양의 화합'이라고 하던가? 뭐라던가? 술을 한 잔 마신 후 처용이 묻더군.

–제우스 형! 그런데, 도대체 어디가 서양이고 어디가 동양이요? 어디를 기준으로 하는 말씀이시오?

나는 주인아저씨의 말에 점점 더 흥미를 느꼈다.

–아, 제우스가 그러더군.

–오우! 프리이스, 돈트 씽크 투 마치!(Oh! Please, don't think too much!) 돈 츄 노우? 잇 이즈 소우 씸풀!(Don't you know? It is so simple.) 허허 그것 참 대단히 까다롭게 구시네 그려. 이치야 그렇지만, 요새 인간들은 그렇게 말해야 겨우 알아 먹어요. 요새 것들은 워낙 갈라치기 쪼개기를 좋아하거든! 동양과 서양, 남과 북, 남녀노소, 오른쪽 왼쪽, 높은 것 낮은 것, 뜨거운 것 찬 것… 좋은 것 나쁜 것, 시작과 끝, 사는 것 죽는 것… 알고 보면 사실 시작도 끝도 없고 생과 사도 없는데…. 우리가 하는 일은 모두를 하나로 모으는 일인데, 인간들은 그저 여기저기를 땅

따먹기처럼 모두 쪼개고 분류하고 갈라놓아야 겨우 안심하거든. 아무튼 그대와 나의 만남은 동서양의 화합, 통합의 신호탄이란 말씀이요. 자 기념으로 시원하게 한 잔 더 합시다.

나는 주인아저씨의 말에 감탄한 나머지 점점 더 흥미가 생겼다.

-그런데 처용이 제우스에게 묻더군.

-뭐라고요?

-제우스 형. 그렇게 하나로 뭉치는 것이 정말 좋기만 한 것일까요?

-그러자 제우스가 말하더군.

-어게인! 유 씽크 투 마치! 투 마치! 프리이즈 돈 아스크 에니모어!(Again! You think too much! Please don't ask anymore!) 거 의심깨나 많구만! 왜 그리 말끝마다 의문문만 쓰는 게요?

-그래서요?

-처용이 그러더군.

-내 아무리 생각해도 세상이 그렇게 돌아가니 어쩔 수 없지요.

-그러자 제우스도 고개를 끄덕이더군.

–그건 그래. 요즘 인간들은 의심도 많고 생각도 많으니… 더 피플 씽크 투 마치! 투 마치! 흠! 뎃츠 낫 굿! 낫 굿!(The people think too much! That is not good!) 세상이 점점 더 복잡해지는 거지. 그래서 우리가 할 일이 많아진 거야! 하하하!

주인이 호탕하게 웃었다.

3

'블로윈 인 더 윈드'를 부르던 남자가 무대 위에서 내려오고, 처용 탈을 쓴 남자가 바람을 일으키며 내 옆을 지나 무대 위에 올랐다. 무대에 다시 조명이 켜졌다. 제우스 가면을 쓴 또 다른 남자 역시 푸른 조명을 받으며 무대 위에 섰다.

'제우스라니….'

처용 탈과 제우스의 가면이 눈부신 조명을 받아 반짝였다.

–당신들 세상엔 신들이 많기도 하더군. 시간의 신, 사랑의 신, 곡물의 신, 예술의 신, 해의 신, 달의 신, 별의 신, 하늘의 신이 있는가 하면, 땅의 신, 물의 신, 호수의 신, 바다의 신, 지옥의 신 등등. 헤아릴 수 없을 정도로 말이

요. 그런데 이제 나는 더 이상 그 신들을 믿을 수가 없어졌어요. 그렇게도 신이 많은데, 세상은 왜 언제나 이 모양이 꼴이냔 말이오?

-오우 노우! 뎃 이즈 루드!(Oh no! that is rude!) 아니, 그런 질문으로 감히 우리들을 모욕하다니….

-그래도 할 수 없는 일이요. 난 이제, 더 이상은 견딜 수 없어요. 세상이 돌아가는 걸 보면 당신들 신의 역할이 도무지 무엇인지 알 수가 없단 말이요.

-흠….

-그렇지 않소? 이것 보시오. 신이 계시다고 정의하기엔 이 세상이 말할 수 없이 험하다고요. 그토록 신이 많은 데 왜 세상엔 이렇게 문제가 많고, 말도 많은 요지경 속이냔 말요. 사람들이 물에 빠져 죽고, 차에 치어 죽고, 높은 데서 떨어져 죽고, 병들어 죽고, 총에 맞아 죽고, 좋아서 죽고, 미워서 죽을 때 당신 신들은 모두 어디에서 무엇을 하고 있느냔 말이요? 설마, 낮잠을 자는 건 아니겠죠? 난 용서할 수가 없소! 아니, 당신들을 믿을 수가 없단 말이오!

-그것뿐이요? 이즈 뎃 올?(Is that all?)

-허 참!

–인디드! 벗! 잇 이즈 유 피플 후 얼웨이스 킬링 이치 아더! 예스터데이, 엔드, 더 데이 비포 예스터데이!(Indeed! But It is you people who always killing each other! yesterday, and the day before yesterday!) 그런데, 당신네 인간들은 어제도 그제도 걸핏하면 사람들을 죽이고 있지 않느냐고? 이념 때문에, 아니, 인종이 다르다고 종교가 다르다고… 당신네 인간들은 그 모든 오류를 스스로 저질러 놓고 왜? 그 죄를 엉뚱한 내게 뒤집어씌우는 거요? 도대체 인간이 인간을 지배하는 노예제도를 만든 게 누구란 말이오? 나란 말이요? 지금의 상황 역시 애초에 잘못 끼워놓은 단추에 대한 인과응보가 아니냔 말이요?

주인아저씨가 새 막걸리 종지를 가져와 막걸리를 철철 넘치도록 채워주며 씽긋 웃었다. 하회탈을 닮은 웃음이었다.

4

처용과 제우스의 탈춤이 이어졌다. 탈춤을 따라 추는 손님들도 있었다.

–처용무를 보면 그의 신분이 분명 우리네와 같은 일반인이 아니란 걸 알 수 있지요. 수제천 음악에 맞춰 천천히

추는 우아하고 장엄한 처용무는 확실히 서민적이고 역동적인 일반 탈춤과는 차별화되는 귀족적인 춤이라고 할 수 있지요. 실제로도 왕실에서 서서히 왕을 향해 나아가 부르는 수제천이란 노래와 그 가사 역시 아주 서정적이고 기품이 느껴지는 음악이고요.

대학교수의 말이 들려왔다.

탈춤이 끝나자 제우스 탈이 좌중을 향해 두 팔을 올렸다. 한순간 장엄한 궁중음악이 그치고 주변이 조용해진 가운데 또다시 처용과 제우스의 대화가 이어졌다.

–제우스 형! 이제는 더 이상 기다릴 수가 없소.

–덴, 왓 두 유 원트 미 투 두?(Than, what do you want me to do?) 아! 그럼 대체 어쩌려고 그러시오?

–나는 이제 도저히 이 세상의 문제에 개입하지 않을 수 없다는 생각이 드는구려. 지금 이 순간에도 많은 이들이 죽고, 고통을 받으며 울고 있으니 이 세상의 문제들을 근절할 대책이나 방법을 찾아보아야 하지 않겠소? 내가 듣기에 제우스 형님은 서양의 신이라고 들었는데… 만약 형님이 이 비천한 동양의 신인 나와 의기투합할 수 있다 칩시다. 그러면 무슨 꿈을 도모하겠다는 말이오?

–리터럴리, 뎃 이즈 낫 투루!(Literally, that is not true!)

형님이 비천하다니… 게다가 내가 아무리 신 중의 신이라고 해도 그건 모두 구전에 불과한 과거지사일 뿐. 아무튼 나에겐 처용 형과 함께 생동하는 새로운 역사를 이루고 싶은 꿈이 있어요.

처용이 묻고 제우스가 대답했다.

–생동하는 새로운 역사라니?

–쉿! 이건 정말 내 일급비밀이지만 내 특별히 형님에게만 알려주겠소. 디스 이즈 어 빅 씨크릿!(This is a big secret!)! 그러니까 이건, 이 세상에서 그 어떤 비극도 또다시 되풀이되지 않도록 '딜리트'란 삭제 머신을 개발하는 일이요. 내 일찍이 '딜리트 머신'을 개발했었더라면 수많은 나의 애인들 때문에 후세에 낮 뜨겁게 망신당할 일도 없었을 것 아니오?

–'딜리트 머신'이라…?

처용이 고개를 갸웃했다.

막이 내린 후에도 사람들의 박장대소는 계속되었다.

5

과연 처용과 제우스는 '처제집'이란 술집으로 찾아왔던 걸까?

내가 혼자만의 깊은 생각에 잠겨있는 동안도 주인아저씨가 내 잔에 막걸리를 가득 채워주었다. 창밖에선 짙푸른 어둠의 장막이 점점 더 짙어지고 있었지만, 나는 무엇에 홀린 듯 자리를 뜨지 못했다.

주인아저씨의 확신과 믿음은 놀라웠다. 그의 주장은 지금도 지구촌의 많은 골치 아픈 문제들을 해결하기 위해 처용과 제우스가 이 술집을 찾아오고 있다는 것이 아닌가?

나는 주인아저씨의 말을 믿고 싶었다.

–아저씨 아무리 신화라지만 신화 속의 등장인물들은 하나같이 변덕스럽고 잔인한 캐릭터더군요. 신이라기보다는 오히려 무지한 인간에 가깝죠.

–아! 변덕스럽고 잔인한 신화 속의 인물들도 알고 보면 척박한 시간대를 생존해왔던 우리 인류의 모습이겠지.

주인아저씨의 우문현답이 들려왔지만 내 머릿속은 점점 더 복잡해질 뿐이었다. 한껏 목이 말랐던 나는 냉수 대신 막걸리를 한 모금 들이켰다. 주인아저씨는 아예 옆 테이블 의자를 끌어다 내 앞에 앉으며 이야기에 열을 올렸다.

–지금도 계속 일어나고 있는 이 모든 전쟁들도 알고 보

면 인간들의 DNA 속에 녹아있는 그 극도의 에고이즘과 나르시시즘으로 인해 일어난다고 보아야 해. 이념이나 애국심으로 포장하지만.

-어쨌든 귀한 생명을 희생시키는 전쟁은 모두 근절되어야 해요!

나와 주인아저씨는 계속 이야기에 열을 올렸고 전쟁, 협상, 평화, 희생이란 말들이 꼬리를 물고 이어졌다.

-아저씨, 이제 세상은 많이 변했어요. 에이아이, 로봇, 자율주행 택시와 프라잉 카가 돌아다니는 대단한 세상이에요.

-그래도 난 종일 '처제집'에만 있다 보니 그런 세상일은 잘 몰라.

-아무리 그래도 아저씨! 세상의 변화에 적응하지 못하면 우리는 모두 다 도태된다고요.

옆 테이블에서 합류한 손님들이 주인아저씨와 나를 번갈아 바라보며 고개를 끄덕였다. 나는 이제 일어나야겠다고 마음먹었다.

-참! 근데 그거 아시나?

주인아저씨가 물었다.

-네에?

-그날, 제우스가 처용에게 한 말을 내가 분명히 들었지.

-뭐라고요?

-그 제우스가 신전을 찾아가서 이런 신탁을 들었다고 했어. '우주 속의 신비한 푸른 별이라고 부르는 반짝이는 작은 별 지구에서, 머지않아 모든 지혜가 푸른 별처럼 쏟아져 나온다.'고 말이지!

"!?"

나는 창밖의 짙푸른 밤하늘을 바라보았다. 하늘에서는 놀랍게도 온통 푸른 별빛이 소나비처럼 쏟아져 내리고 있었다. ✈

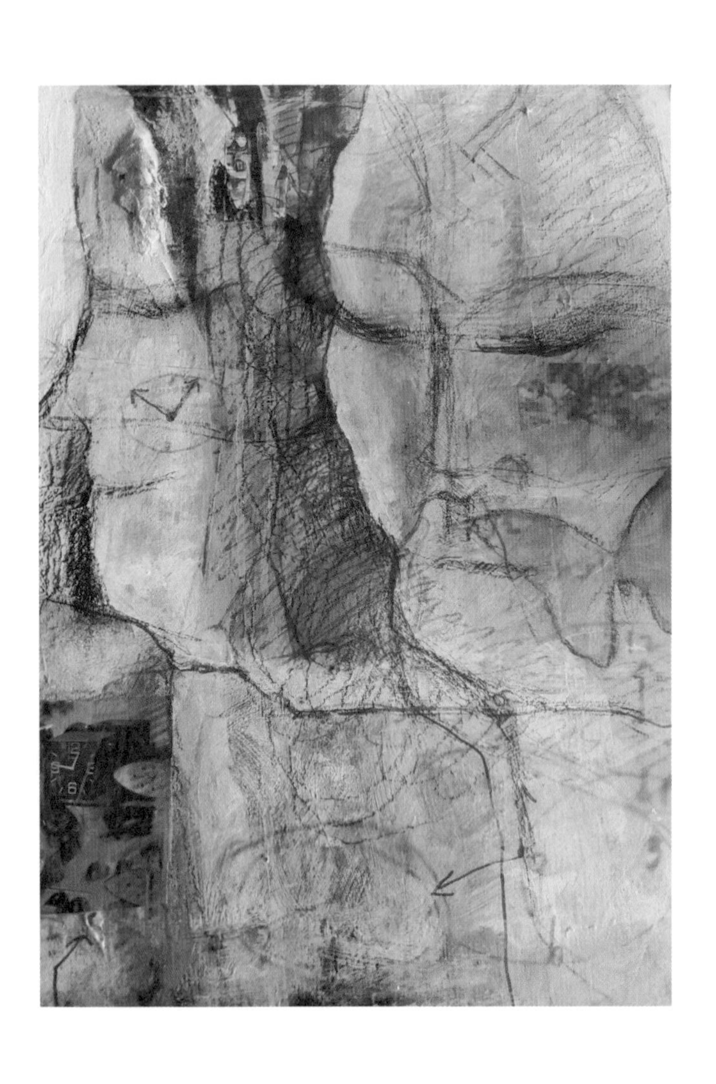

우정과 사랑

우정과 사랑

1

'처제집'에서는 음악회나 소규모 연극, 혹은 토론회 등의 문화행사가 자주 열렸다. 그런 문화행사는 주로 연극배우 J가 총무 같은 역할을 맡아 진행하고 있었다.

J는 요즘 들어 많은 시간을 '처제집'에서 보내고 있었는데 그녀는 지금 스스로의 인생 안식년을 보내는 중이라고 했다. 그녀가 하는 일은 주로 '처제집' 창가에 앉아서 연극 대본을 읽으며 대부분의 시간을 보내거나, 가끔 처제집 무대에 올라 일인극을 공연하는 게 고작이었다. 물론 그녀의 일인극은 그런대로 '처제집'의 분위기를 살리는 셈이었다. 그녀가 처제집 공연에 개입하게 된 후로는 가수들의 자발적인 출연도 많았다. 가수들은 행사 무대를

위한 연습도 할 겸 자신의 개성적인 최신곡을 소개하는 경우가 늘어났다. 작곡가 역시 자신의 신곡들을 자주 무대에 올렸다.

J는 단골손님들 중 누군가가 힘든 일을 겪고 있을 때면 그 손님을 돕기 위해 솔선수범했다. 많은 단골손님들이 십시일반으로 돈을 모아 후원할 수 있도록 그녀는 앞장섰다. 얼마 전에는 단골손님들이 젊은 예술가에게 장학금을 주자고 마음을 모았는데 그녀의 활발한 로비로 충분한 기금이 모아졌다.

그날 나는 종일 집에서 작업을 하다 오후 늦게야 '처제집'을 찾았다. 늦은 시각이어서 나는 조금 지쳐있었다. 어서 막걸리라도 한잔 마시고 싶었다. 나는 처제집 복도를 지났다. 처제집 복도를 따라가다 보면 화가들의 그림이 즐비했고, 그 속에는 내 그림도 한 점 보였다. 그림은 한 번도 기를 펴지 못한 채 숨죽이고 살아왔던 내 삶을 닮아 있었다.

'저 그림을 다른 그림으로 바꿔 놓아야지.'

벼르기만 했을 뿐 그림을 그곳에 그냥 내버려둔 지 오래되었다. 오늘은 유난히 그림이 마음에 걸렸다. 마치 물가에 풀어놓은 자식처럼 마음이 놓이지 않았다. 다행히 복도 한 구석에 걸린 그림은 눈에 잘 띄지 않을 뿐 아니라, 내 그림인지를 아는 이는 주인아저씨뿐이었다.

"어서 오세요!"

누군가와 창가에 앉아있던 J가 나에게 손짓을 했다. 나는 평소에도 함께 식사를 해왔던 터여서 망설이지 않고 그녀에게 갔다. J는 맞은편에 앉은 여인을 소개했다.

"이분은 지금 미국에서 알아주는 대단한 연출가예요."

"안녕하세요? 저는 형인이라고 해요."

연출가가 상냥하게 말했다.

"어머나! 세상에!"

나는 깜짝 놀랐다. 내 눈을 믿을 수가 없었다. 그녀는 평소에 내가 그렇게도 그리워하던 옛 친구였다.

"너 분명히 형인이지? 얼마나 보고 싶었다고…."

나는 미처 말을 잇지 못했다. 형인 역시 눈을 크게 뜨고 내 얼굴을 뚫어지게 쳐다보았다.

"넌 인애가 아니니? 내 짝궁 김인애!"

"아니! 그럼 두 분이 아는 사이였어요? 세상에나!"

J가 외쳤다.

"이 친구, 정말 세상에서 제일 귀한 친구죠!"

"세상에서 제일 귀한 친구? 무슨 연극 제목 같네!"

나와 형인은 서로의 사춘기 모습을 떠올리며 덥석 끌어안았다. 형인이 미국으로 이민을 떠난 뒤 우리는 오랫동안 연락이 끊긴 상태였다.

"세상에! 이럴 수가!"

"그동안 얼마나 네 생각을 했는데… 많이 보고 싶기도 했고… 난 정말 한 시도 너를 잊은 적이 없었어."

"나도 그랬어! 얼마나 궁금했는데?"

"아! 정말 아름다운 우정이네. 자, 우선 자리에 앉아요."

J가 우리를 의자에 앉혔다.

"그럼 이젠 축하주를 마셔야지!"

우리는 막걸리 잔을 높이 들었다.

2

나는 사춘기 시절을 떠올렸다. 우리는 그때 단짝 친구였다. 형인과 짝이 될 수 있었던 건 나에게 행운이었다. 형인은 마음이 아주 따뜻한 친구였다. 아직 철도 덜 들고 덜렁대던 나와는 달리 형인은 아주 조용한 소녀였다. 게다가 총명했고 진지한 성품이었다. 특히 내가 좋아했던 건 그녀가 나에게 너무 잘해주었기 때문이었다. 무엇이고 나와 나누기를 좋아했다. 외향적이고 천방지축 왈가닥이던 나는 그런 그녀가 나보다 더 어린 것 같기도 하고, 또 한편으로는 더 친해지고 싶기도 해서였는지, 자주 그녀를 놀려주곤 했다.

그리고 나는 말도 안 되는 이야기를 들려주었는데 그녀는 신중하고 진지하게 들어주었다. 세상에! 그 말도 안 되는 말조차도 그녀는 모두 다 믿어주었다. 아니, 믿고 있었다. 아무리 생각해 보아도 그녀가 나에게 '아니'라는 말을 한 적이 없었다. "어머! 그랬니?" 그녀는 내가 무언가를 얘기할 때마다 늘 진지한 눈빛으로 내 눈을 바라보았고, 나의 이야기를 끝까지 들어주었다.

나는 다른 아이들과는 다른 그녀의 태도에 몹시 감동을 받았다. 내가 어떤 말을 해도 내 말을 잘 들어주는 그녀가 너무 좋았다. 형인이란 존재가 내 마음 속에 있었기에 나는 차별당하거나 무시당하거나 이상한 오해를 받아도 이겨낼 수 있었다. 나를 믿어주고 무조건 인정해 주는 형인이가 있기에 일찍부터 마음에 안정을 얻을 수 있었던 것이다.

그때 형인은 신문반으로 들어가 기자가 되어 활동했고,

나는 미술반에 들어가서 그림을 그렸다. 우리의 활동 범위는 달랐지만, 가끔 방과후에도 함께 교내의 도서관을 가거나 명동 성당과 성모동굴을 가거나 빵집과 짜장면 집을 갔었다.

3

형인과 헤어진 후에도 나는 늘 그녀가 궁금했다. 그러나 그녀가 어떤 삶을 살고 있더라도 지혜롭게 잘 살고 있으리라는 믿음을 가지고 있었다. 그런데 지금, 바로 그렇게 그리워하던 친구가 내 앞에 있는 것이다.

"이 친구는 글쎄… 아주 어릴 때도 소설을 썼답니다."

형인이 미소 지으며 J에게 말했다.

"세상에! 그래요?"

J가 놀란 듯 눈을 크게 뜨며 나를 보았다.

"난 그 소설의 독자였고요! 직접 연필로 쓴 재미있는 소설이었죠."

"참! 그걸 소설이라고 말할 수 있을까?"

나는 문득 부끄러웠다.

"그럼! 제법 잘 쓴 글이었어. 재미도 있고."

놀랍게도 형인은 자잘한 일들까지도 모두 기억하고 있

었다. 나는 그때나 지금이나 글쓰기를 좋아해서 노트를 반으로 잘라 나만의 소설집을 만들곤 했다.

"아참! 그 소설의 내용이 생각나네!"

형인이 말했다.

"주인공 소녀가 자신의 모든 소원을 다 들어주는 알라딘 같은 아빠와 함께 배를 타고, 우주의 이곳저곳을 돌아다니며 아주 멋진 시간을 보내는 내용이 아니었니?"

그때 우리 반 아이들은 심심풀이로 내가 만든 그 조잡한 소설책을 돌려가며 읽었다. 그런데 내가 쓴 그 소설집은 잘 돌아다니며 읽히다가 꼭 어딘가에서 실종되곤 했다. 그러면 나는 또 하나의 소설집을 내놓았다.

학교 뒤에 선생님들의 사택이 있었다. 운동장이 끝나는 담 끝에는 개구멍이 하나 있었는데, 나는 가끔 그 개구멍으로 학교를 빠져나가곤 했다. 어느 날 그 개구멍을 얌전한 형인에게 알려주었고, 함께 밖으로 빠져나갔던 적이 있었다. 형인은 그때 나에게 애원했었다.

"인애야! 선생님 오시면 어떻게 하니? 우리 어서 교실로 돌아가자!"

"아니야! 아직 시간은 많아!"

나는 고집을 부리며 형인과 근처의 상가를 돌아다니다 돌아왔다. 노는 시간이 벌써 끝나있었다. 그런데 하필 담 옆을 지나시던 교감선생님께 들키고 말았다. 우리는 교감선생님께 불려가 다시는 개구멍으로 빠져나가지 않는다는 서약을 쓰고 교실로 돌아올 수 있었다. 우등생이었던 형인에게는 몹시 미안했던 사건이었다. 하지만, 형인은 한 번도 나를 원망한 적이 없었다.

'고래사냥'이란 노래를 들을 때마다 형인이 떠오르곤 했었다.

"참! 고래사냥 생각나니?"

"아! 고래사냥?"

형인이 크게 웃었다.

"물론, 기억하고 있지. 한때 그 노래가 유행했잖아!"

"암튼, 난 정말 놀랐어! 네가 어느 날 느닷없이 나에게 고래사냥을 가자고 했을 때."

"세상에! 고래사냥이라니요? 형인 씨가요? 그건, 나도 믿기지 않네요!"

연극배우 J도 놀랐다.

"그래요! 고래사냥을 가기 위해 우린 정말로 기차를 탔

다니까요."

"노래 가사처럼요?"

J가 눈을 크게 뜨고 웃으며 장난스럽게 형인을 바라보았다.

"그래! 그때 난 사춘기였어! 무언가 탈출구가 필요했을 때였지."

형인이 고백했다.

"그땐 모두들 나를 얌전한 모범생으로만 보았지. 학교에서도, 집에서도. 그렇지만 내 깊은 내면은 또 달랐던 거야! 지금 생각해보면 아마도 난, 그저 그런 내 주위 사람들의 고정관념을 깨트리고 싶었던 거지! 내 진정한 자아는 다르다는 걸, 알리고 싶기도 했고…."

"그래요! 그 시절 그런 심정, 누구나 마찬가지예요. 이해할 수 있어요!"

J의 말이 선선했다.

"난 그때, 이 친구가 고래사냥을 가자면 분명히 함께 떠날 용의가 있었지요."

"너라면 아마 나를 끝까지 따라와 주었을 거야!"

형인이 내 말에 웃으며 고개를 끄덕였다.

"세상에! 까딱 잘못했다간 두 여학생의 실종사건으로

이어질 뻔했군요."

J의 말에 우리는 모두 웃었다.

사실, 얌전했던 소녀 형인의 '고래사냥'이란 발상은 너무나 엉뚱해서 황당했던 기억이 아직도 생생하다.

"그때 우리 가족은 곧 외국으로 이민을 가야 했고, 난 사실 함께 가고 싶지 않았거든."

형인이 고백했다. 고래사냥은 얌전한 모범생 형인의 모습과는 정말 어울리지 않았지만 그때 형인 역시 나처럼 내면으로는 분명 고래사냥이란 일탈을 꿈꾸던 소녀였다. 아마도 그녀의 가족 이민이 그녀의 사춘기와 맞물려 그녀에게 엉뚱한 일탈을 꿈꾸도록 유도했던 게 아니었을까?

〈고래사냥〉

우리는 누구나
고래사냥을
꿈꾸지
그러나 나는 알고 있다
기차에 오르지 않아도
바다에 가지 않아도

그리움의 은빛그물에 걸린
예쁜 고래는
우리의 가슴속에 살고 있다고
우리와 함께 멀고 먼 미래를
헤엄쳐 가기 위해

형인과 내가 '고래사냥'을 꿈꾸며 여러 번 완행열차에 올랐었던지, 아니면 더 먼 바다를 향해 멀리 가려던 형인을 말리며 돌아오기를 반복했던지는 잘 기억나지 않는다.

미국으로 가기 위해 학교를 그만두고 형인은 나에게 연락처를 주었지만, 그 후의 세세한 일들은 잘 생각이 나지 않았다. 그때 나는 형인이 내 주변에서 사라지자 엄청난 슬픔의 먹구름에 싸여 있었다.

형인은 늘 버릇처럼 나에게 말하곤 했다.

"나는 네가 너무 부러워!"

나는 형인이 나의 뭐가 부러운지 끝까지 알아내지 못했다. 단지 형인을 생각하면 그녀가 은은한 달빛 같은 친구였다는 생각이 든다. 더 없이 선량하고 맑은 친구. 그래서 밤하늘의 어둠 속에서도 떠오르는 달처럼 생각나는 친구였다.

4

“지난번 미국에서 방송에 올렸던 드라마가 인기여서 이제는 좀 여유가 생겼어. 그래서 작품 소재도 얻고 한가하게 여행도 할 겸 한국으로 나왔지. 사실은 한국을 나올 때마다 혹시 널 만날 수 있지 않을까? 기대를 했어.”

형인은 사실 나에게 여러 차례 애타게 연락을 했지만, 우리 집이 여러 번 이사를 다니는 바람에 안타깝게도 서로 연락이 끊기고 말았다.

“이번에는 한국의 이곳저곳을 여행하며 시간을 보내보려고 했는데 너를 만나게 될 줄이야! 인애야! 우리 이제부터 신나게 같이 여행도 가고 함께 시간을 보내자! 고래사냥도 가고!”

형인은 자신이 독일로 가서 공부한 이야기와 자신의 전공과는 관계없이 비행기에서 우연히 무대감독을 만나 브로드웨이에서 연출가를 찾는다는 정보를 얻어 일을 하게 된 이야기를 들려주었다.

“결혼은?”

“사실은 두 번 했지만… 두 번 다 이혼으로 끝났어.”

그녀는 결혼으로 얻은 아이는 없고, 지금은 부모와 함께 살고 있다고 했다.

"형인아! 나는 네가 너무 부러워!"

나는 당당하게 살고 있는 그녀가 자랑스러웠다. 언젠가 형인이 나에게 했던 말을 나도 모르게 그녀에게 하고 있었다.

'내 삶은 도대체 뭔가? 도무지 뒤죽박죽이 아닌가?'

나는 비참한 생각이 들었다. 미술반이었고 그토록 화가를 꿈꾸었지만 꿈을 이루지 못한 채 어설픈 글만 쓰고 있는 나. 한때 형인이 부러워하던 나는 어디로 갔을까? 그러나 조용한 소녀에 불과했던 형인은 어느새 나의 롤모델이 되어 내 앞으로 돌아온 것이다. 당당하게 자신이 원하는 삶을 사는 커리어우먼, 형인이 나는 너무나 자랑스러웠다.

"아! 처제집에 걸린 네 그림을 보았어. 네가 자신의 스튜디오에서 그림을 그리고 있다는 말도 듣고…."

형인이 말했다.

"사실, 난 평생을 그림을 그려왔지."

"나도 그럴 거라고 생각했어."

"모두 나를 길러준 선생님들 덕분이지."

하지만 사실 난 그림을 그리지 않으려고 얼마나 노력해 왔는지 모른다. 목숨 같은 내 붓들을 누군가에게 주어버렸던 적도 한두 번이 아니었다. 그런데 아무리 그리지 않으려고 했어도 그림을 그리게 되었다.

"난 사실 그림을 그만두려고 그린다는 생각이 들어, 지금도."

나는 형인에게 진심을 이야기했다.

"그러지 말고 열심히 그리도록 해! 네가 정말 하고 싶은 것 아니니? 너는 죽을 때까지 그림을 그려야 해!"

나는 형인이 너무나 고마웠다. 그녀는 누구보다도 나를 잘 이해하고 있었다.

"난 지금도 기억해! 미술 선생님이 반으로 직접 너를 찾아오셨지. 너는 그때부터 여름방학 내내 가을 전시를 준비하지 않았니?"

"그래! 열심히 그림을 그렸어. 전시에도 참가했고…."

"그리고 얼마나 훌륭하신 선생님들이셨니?"

순간 가슴 가득 그리움이 밀려왔다.

"선생님을 찾아갔지. 한 몇 년 일해서 파리에 가고 싶었지만, 모든 상황이 점점 나빠져서 미술을 그만두겠다고 선언할 마음이었어."

"그래서?"

"그런데, 내가 선생님을 찾아갔을 때 선생님은 이 세상에 안 계셨어. 돌아가신 거야!"

"어머나? 그렇게 일찍? 그때 너를 지도한 미술 선생님이 두 분이셨잖니?"

"맞아! 다른 분은 외국으로 멀리 가신 후 소식이 끊겼더라고… 선생님들을 한 번만이라도 꼭 만나 뵙고 싶었는데…."

선생님은 늘 미술반에 달린 작은 화실에서 그림을 그리곤 하셨다. 나는 선생님이 덮어놓은 헝겊을 살짝 들추고 선생님의 그림을 훔쳐보곤 했다. 선생님의 그림은 추상이었는데 너무나 아름다웠다. 나도 선생님 같은 그림을 그리고 싶었다.

〈그림이란?〉

사람들은 나에게 묻는다
내 그림이 무슨 뜻이냐고

나의 그림은 나의 질문이다
나에 대한
내 삶에 대한

아니
해답이다.
마치 존재란 나고
내가 존재이듯이…

나의 그림은 하나의 의문부호다
나 역시 한때는
멋지게 완성된 그림을 꿈꾸었지만
언젠가는 나만의 멋진 그림을
완성하리라 생각했지만
나는 알게 되었다
완성된 그림은 없다는 걸

알고 보면 내 그림은
저 머나먼 세상의 이야기가 아닌
나의 소소한 일상이며
하나의 물음표다
내 삶이 미완성이듯
내 그림도 늘 미완성이다.

"나는 '처제집'의 분위기가 너무 마음에 들었어. 그런데 그곳에서 너를 만나게 될 줄이야… 처제집은 정말 나에게 아주 특별한 추억이 될 것 같아! 아날로그의 추억이랄까?"

"나도 그래! 처제집에서 너를 다시 만나게 되다니…."

형인과 나는 사춘기 시절 그랬듯이 고궁을 찾아갔다. 고궁에는 요란한 한복을 빌려 입은 행렬들이 점점 더 늘어나고 있었다. 한복들의 행렬을 빼면 고궁 역시 지난날과 별로 변하지는 않은 것 같았다. 나도 형인도 그때와 별로 변하지 않았다. 보이지 않아도 지난날은 늘 우리와 함께 있었던 것이다. 형인은 그때와 마찬가지로 지금도 진지하게 내 이야기에 귀를 기울여주었다.

그녀는 지금까지 재택근무를 하고 있었다고 했다.

"모든 만남이 비대면이 되는 동안 우리의 많은 일자리는 인공지능으로 대체하게 된 거야!"

형인이 말했다.

"인공지능?"

"그래! 인공지능에게 사람들은 일자리를 위협받는 실정이라니까."

그러고 보면 작가지망생 또는 화가 등의 예술가들은 인

공지능에 대처할 수 있는 자신만의 작품세계의 확립을 고민해야 하는 세상이 되었다는 것이다. 정말 놀라웠다. 뉴스 시간에 엘에이 할리우드의 영화사 앞에서 스크랩작가들이 피켓을 들고 데모를 하며 '인공지능(AI) 물러가라, 우리의 일을 점유하지 말라고!' 외치던 광경을 코앞에서 보았다.

언젠가 우리가 함께 보았던 영화 《타임머신》의 한 장면이 떠올랐다. 주인공이 황폐한 미래의 땅을 밟으며 황당해하던 모습처럼 나도 황당했다.

"사실, 지금 세상은 바뀌고 있어!"

형인이 말했다.

"내가 인류학을 공부하기 위해 대학원 코스를 밟을 때만 해도 말이지… 유럽은 정말 살기 좋았었지. 그때는 사람들이 한껏 멋을 부리고 인생을 즐기던 시절이었어."

형인은 그녀의 대학시절엔 독일이 아직 선진국의 위상을 지니던 시절이어선지 외국인들에게도 관대했고 유학생들의 수업료와 병원비까지도 무료였다고 했다. 그뿐만이 아니라 예술가들에게 작업실을 무료로 대여해 주기도 했다. 그런데 유럽인들도 경제적인 여유가 없다보니 외국인들에게 불친절했고 데모대가 장악한 거리의 분위기도 흉흉했다는 것이다.

사실 그뿐이 아니었다. 이제는 인공지능 로봇의 출현으로 앞으로는 근로자들의 일자리까지 빼앗기게 될 전망이었다.

고궁을 나와 우리가 함께 사춘기를 보내던 학교로 형인을 데려갔다.

놀랍게도 우리들의 정든 학교는 더 이상 그 자리에 없었다. 아무도 우리 학교가 어디에 갔는지 알지 못했다. 그러나 학교 부근에는 우리가 다니던 빵집이나 중국집의 흔적들이 아직 남아있었다.

"정말 알아볼 수 없을 만큼 점점 모든 게 변해가네."

"나도 이곳을 와본 지 오래 되었어. 정말 많이 변해 있군."

"그래도 우리가 먹던 음식은 여전히 예전의 맛을 간직하고 있네!"

"그래! 값은 많이 올랐지만, 여전히 우리가 좋아했던 짜장면 맛이야."

나는 형인이 미국으로 돌아가기 전에 더 많은 추억의 장소를 맛보게 하고 싶었다.

5

'처제집'엔 J가 형인과 나보다 먼저 와 있었다. 어느새 우리를 본 주인아저씨가 빈대떡과 막걸리를 가져왔다.

"오랜 친구의 만남 축하합니다."

"고맙습니다."

J가 답하고 말을 이었다.

"마침! 오늘 '처용과 제우스'의 공연이 있을 거래요."

"처용과 제우스가 온다고요?"

옆 사람들도 놀란 눈으로 무대를 바라보았다. 무대는 벌써부터 환하게 조명이 켜져 있었다. 우리는 잔에 막걸리를 가득 따랐다.

"세상에서 가장 소중한 친구를 위하여!"

우리는 서로 막걸리 잔을 부딪치며 웃었다.

이윽고 '처용과 제우스'가 무대에 올랐다.

처용: 제형! 세상에서 가장 소중한 게 무언지 아시오?

제우스: 소중한 것? 렛 미 씨! 오우! 잇 서튼리 이즈 아우어 메모리!(Let me see! It certainly is our memory) 그건… 우리의 추억이지.

처용: 아무리 그래도 형님한테는 아주 복잡한 추억거리가 될 텐데요! 하하하!

제우스: 무슨 그런 말을? 아이 어드마이어 올 마이 미스트리스!(I admire all my mistress!) 난 모든 인연이 소중한 인연이라고 생각하네!

처용: 과연 헤라 누님, 아니, 가이아 형수님, 아니, 그 외에도 모든 여신님과 아름다우신 님프 형수님도 그렇게 생각하시느냐? 그것이 문제로다! 네에! 네! 아무튼 알아 모시겠습니다요. 형님! 추억이야말로 우리의 소중한 문화라고요?

제우스: 오우! 슈어! 소중하다마다! 거리에 나가보게나! 거리 어디에나 사람 냄새가 나고 우리의 추억이 좌악 깔려있다네!

처용: 그러니 먼데 갈 것 없이 이 처제집도 중요한 우리의 문화유산이 아니겠습니까?

제우스: 오브코스! 물론이지! 잇츠 원더플 컬츄어!(It's wonderful culture!)

중요한 문화지! 우리가 모두 처제집에 모여 같이 먹고, 같이 이야기하고, 같이 마시고, 같이 공연을 보는 것, 그뿐인가? 같이 추억의 노래를 듣는 것, 이 역시 얼마나 소중한 문화인가?

처용: 함께한다는 것도 무엇보다 소중하지요! 자아! 그

럼 형님! 우리 이제부터 밤새도록 우리의 소중한 추억의 장소를 함께 돌아다녀 봅시다! 얼수!

제우스: 원더풀! 원더풀! 얼씨구 좋다! 어서 가 보세나! 밤새도록! 절수!

6

밤이 깊어지며 몹시 바람이 불었다. '처제집' 창문이 불어오는 바람에 덜컹거렸다. 나는 창밖을 내다보았다. 칠흙 같은 어둠이 뒤덮인 밖에서 나무들이 이리저리 흔들렸다. 할로윈의 마지막 밤 같았다. 초현실 그림을 보는 것처럼 머리카락이 곤두섰다. 으스스했다.

"?!"

나는 막걸리를 한 모금 마시려다 말고 깜짝 놀랐다. 여지껏 나와 이야기를 나누었던 J와 형인의 모습이 지우개로 지운 듯 사라졌던 것이다. 나는 처제집 안을 두리번거렸다.

"오늘은 정말 미안하게 됐군요. 어찌나 바람이 부는지 저 문짝이 다 날아갈 것 같군요. 갑자기 태풍이 와서 '처용과 제우스' 연극이 취소되고 말았소!"

옆을 지나던 주인아저씨가 나에게 막걸리를 따라주며

말했다.

"아저씨? 근데 제 친구와 연극배우는? 아니, 그 많던 손님들은 모두 다 어디로 간 거예요?"

"아! 연극배우는 오늘 온종일 나오지 않았는걸!"

"?!"

나는 어리둥절한 얼굴로 주인아저씨를 바라보았다. 웅성대던 손님들의 모습도 대부분 짙은 안개에 가린 듯 보이지 않았다.

요즘 들어 불면증이 심해졌다. 공연히 이 생각 저 생각으로 밤잠을 설쳤다. 설상가상 오늘은 마감일에 쫓겨 작업을 하다 '처제집'을 찾았던 것이다. 이런 날은 막걸리를 한두 잔만 마셔도 긴장이 풀렸다.

"미안하게 됐습니다. 태풍 때문에 연극이 취소되어서."

주인아저씨가 손님들에게 이야기했다.

불 꺼진 '처제집' 무대는 적막에 싸여 있었다.

'나는 도대체 지금까지 누굴 만났고 무얼 보았던 걸까?'

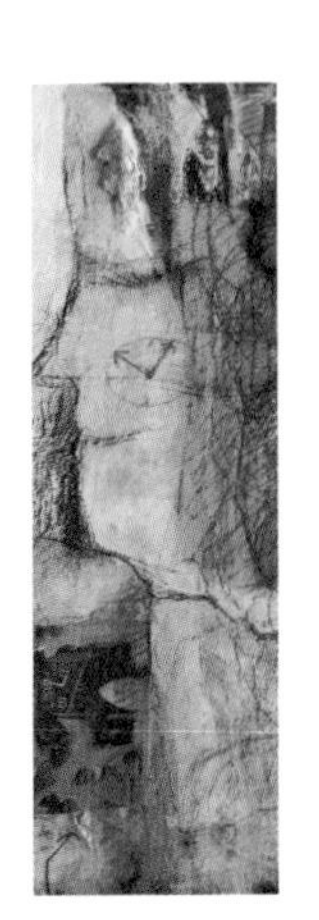

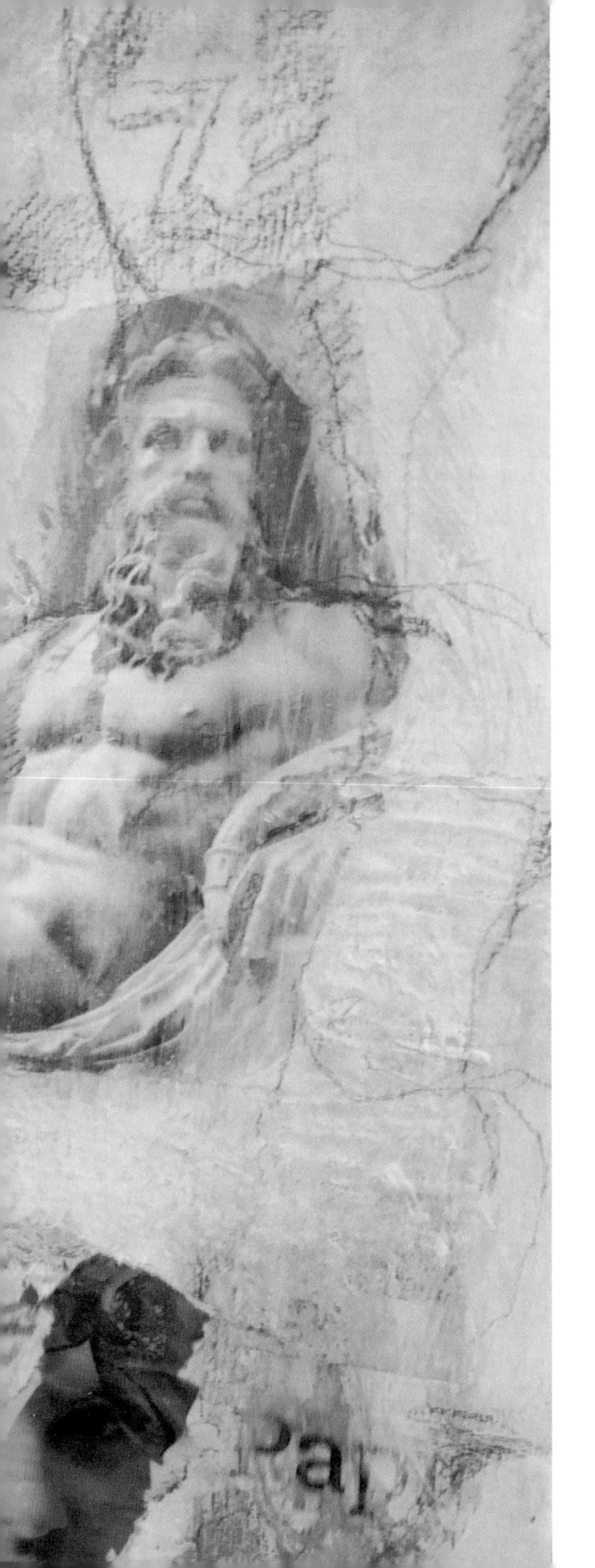

말하는 벽

세상의 모든 벽들은 뛰어넘기 위해 존재한다

말하는 벽

1

'처제집'은 사람들로 웅성거렸다. 나는 친구 형인과 식사를 하며 처제집의 벽을 바라보았다. 내가 끄적거린 낙서도 보였다. 모든 낙서들은 왜?라는 물음표를 던지고 있었다. 사실 그랬다. 세상을 살아갈수록 풀리지 않는 의문은 점점 더 늘어만 갔다. 그동안 살아온 삶은 왜?로 시작되고 왜?로 끝나는 하나의 의문부호였다.

오후 시간이 되자 처제집이 바빠지기 시작했다. 특히 공연이 있는 날은 공연을 보기 위해 모여드는 손님들로 더 웅성대기 마련이었다. 오늘은 밤에 〈처용과 제우스〉의 공연이 있을 예정이어서 평소보다 많은 손님들이 모여들었다.

창가에 있는 커다랗고 둥근 테이블에 옹기종기 모여 앉은 단골손님들이 아까부터 처용에 대한 이야기를 나누고 있었다. 페르샤의 왕자와 신라의 공주에 관한 이야기였다. 과연 사람들의 추측처럼 처용이 페르샤 사람이었는지는 알 수 없지만, 그의 귀에 달린 귀걸이 같은 장신구라든가 짙은 피부와 장대한 몸, 부리부리한 눈, 무성한 눈썹과 우뚝한 코는 분명 이국적이었다. 가끔 주인아저씨도 술과 음식을 가져다주며 손님들과 함께 이야기에 열을 올렸다.

"저 벽이 더 많은 낙서들로 채워지고 있네?"

한참 동안 찬찬히 처제집 벽의 낙서를 바라보던 형인이 말했다.

"그건, 이곳을 찾는 손님들이 더 많이 늘어나는 증거가 아닐까?"

"확실히 처제집 막걸리를 마시면 속이 편해지네!"

형인이 웃으며 말했다.

"사실, 낙서란 특정한 집단이 사용하는 일종의 영역 표시거든? 사람들은 결국 이 벽에 자신의 정신적인 영역 표시를 하고 있는 셈이지."

"그럴 수도 있겠네! 그러니까 우리는 모두 처제집을 찾는 한 가족이란 영역 표시? 하하하!"

우리는 식사에 따라 나온 막걸리를 마셨다.

"낙서들을 보니까 문득 캄파 섬이 떠오르네."

"?"

그리고 형인은 또 다시 처제집 내부를 유심히 둘러보았다.

"캄파 섬이라구?"

"응. 프라하의 베니스라 불리는 캄파 섬. 그런데 그 작은 섬으로 늘 전 세계 사람들이 모여 들고 있어! 지금 이 순간에도 평화를 사랑하는 이들이 끊임없이 모여들고 있지."

"캄파 섬!"

캄파 섬으로 모여드는 세계인들의 행렬이 내 눈에도 보이는 것만 같았다. 친구의 이야기는 캄파 섬에 있는 '존 레논의 벽'과 캄파섬 부근의 '카프카 박물관'도 떠올려 놓았다.

"참 카프카가 체코 출신이지?"

"그래! 캄파 섬에서 메트로를 타고 카프카 박물관에 가본 적도 있었어. 카프카의 귀한 글과 낙서와 그림들이 모두 소장 되어 그의 문학 혼을 느끼게 했지."

카프카는 '존 레논의 벽'에 대해 어떤 생각을 했을까? 나는 엉뚱한 생각이 들었다. 형인이 대변했다.

"존 레논의 벽에는 그곳을 찾는 자들이 남겨놓은 어마어마한 낙서들이 모여서 아름다운 그래비티 아트가 되었지."

"그렇구나…."

"빨간색, 노란색, 파란색, 까만색의 무수한 낙서들이 평화를 기원하는 메시지를 남기고 있는 존 레논의 벽을 바라보고 있으면 '무질서의 아름다움'이 저절로 느껴지면서… 과연 진정한 예술이란 무엇인지를 생각해 보게 하지. 이미지가 아름다움을 만드는지 메시지가 아름다움을 만드는지 분간이 안 될 정도야! 화가들은 아마도 우리보다 더 절실한 무언가가 느껴지겠지만."

"낙서도 예술의 한 갈래라고 볼 수 있지 않을까?"

형인이 웃으며 말했다. 나 역시 그런 생각이 들었다. 모든 예술이 인간의 진정한 꿈과 염원을 위해 생겨나듯 낙서 또한 인간의 깊은 염원과 욕망을 담고 있는 예술임에 분명했다.

"사람들이 캄파 섬으로 끊임없이 모여들고 있는 건 아직 세상의 모든 이들이 평화를 염원하고 있다는 뜻이겠지?"

나는 저절로 한숨이 나왔다. 그 아름다운 인간들의 염원과는 달리 세상은 평화로운 장소가 아니라는 생각 때문이었다.

"맞아! 그래도 캄파 섬으로 모여드는 사람들은 결국 평화를 갈구하는 이들의 물결이니만큼 그 꿈틀대는 기다란 인간들의 행렬을 보고 있노라면 문득 평화에 대한 어떤 희망이 느껴지기도 해!"

나도 캄파 섬에 가고 싶었다. 그 기다란 평화의 행렬 뒤를 나도 잇고 싶은 것이었다.

"이 '처제집' 벽의 낙서들이 꼭 캄파 섬의 '존 레논의 벽'의 축소판을 보는 것 같네!"

형인이 말했다.

"그래? 잘 보면 처용과 제우스의 흔적이 있지. 그러고 보면 동서양의 만남이 있는 대단한 벽이야."

"그런데, 우리의 삶에서 벽의 의미란 도대체 뭘까?"

"벽의 운명이 우리의 운명을 대변하는 것 같아."

"그래 언젠가는 소멸되고마는 운명…."

"소멸될 운명? 그거야 우리와 벽의 운명만은 아니지. 우주 역시 언젠가는 소멸되고 말 운명이지."

형인은 나에게 막걸리를 한잔 가득 따라준 후 사르트르 〈벽(Le Mur)〉의 죽음에 대해 이야기를 했다.

"사르트르의 '벽'은 결국, 우리 인간들이 언젠가는 홀로 벽을 마주해야 하는 고독한 존재라는 걸 말해 주고 있지. 홀로 벽을 마주해야 한다는 건 결국 어쩔 수 없는 실존적 고독과의 대면을 의미하고… 인간 역시 존재란 벽을 벗어날 수 없으니 궁극적으로는 우리 모두의 이야기가 아닐까?"

"죽음이 그렇듯 고독도 공유할 수 없는 내 몫이라는 것이지."

"그래! 그렇지만 우리는 누구나 고독 앞에 서 보아야만 진정한 자신의 실체를 볼 수 있지. 모든 존재의 인식이나 깨달음도 절실한 고독에서부터 저절로 싹트게 되는 거고…."

"내가 볼 땐 이 세상은 언제나 그 벽들이 말썽이었어. 사람들은 늘 벽에 가로막힌 채 허덕여 왔지. 지금까지 그 대표적인 벽은 우리의 삼팔선이고."

형인은 내 말에 고개를 끄덕이며 웃었다.

"그러니까 제일 완강한 고약한 벽은 사람들 사이에 버티고 있는 벽이란 말이지?"

"그래도 사람들이 벽 앞으로 가서 낙서를 하는 건, 비로소 벽을 보기 시작했다는 뜻이고, 벽에 대해 생각했다는 뜻이고, 벽이란 또 하나의 자기 자신이고… 그 낙서란 결국 하나의 벽을 넘기 위한 몸부림이라는 거지."

"?!"

"우리는 결국 벽을 통해 내 자신과 마주하게 되는 존재이지. 사실 아무도 말해줄 수 없는 자기 스스로의 존재를 깊이 생각한다는 건 어쩌면 가장 두렵고 끔찍한 일인지도 모르지! '내 안에 있는 이여! 나는 그대가 그립다'란 시가 있지? 알면서도 알 수 없는 신비한 '나'라는 존재!"

"그러고 보면 벽이란 거울 속에 가친 나라는 또 하나의 거울이라고 해야 할까? 아무도 속일 수 없는 스스로의 내면에 꼼짝없이 갇힌… 아니, 나와 남이란 이렇다 할 구분조차도 없는 그야말로 재귀적 실체라고 해야 할까?"

"그렇지만 결국 누구나 그렇게 자기 자신이라는 실체와 만나게 되는 것 아닌가? 벽은 또 하나의 마음의 거울이니까."

마음의 거울이란 한 마디가 의미심장한 화두처럼 나의 머릿속을 맴돌았다.

2

주인아저씨는 가끔 우리가 있는 테이블로 와 우리와 함께 막걸리를 한 잔 할 때면 실눈을 뜨고 벽을 바라보며 이런저런 이야기를 들려주었다.

"맨 처음 내가 손님들에게 벽에 낙서를 하도록 했지요. 왠지 그래야만 할 것 같았어. 아무리 만나면 헤어지는 게 인간사라지만 우리 집을 자주 찾아주던 손님이 갑자기 어딘가 멀리 떠나야 했을 때 난, 그저 섭섭했던 마음에 정표 삼아 무언가 적어달라고 부탁을 했었지. 아! 그리고 저 그림들은 화가들이 자발적으로 여기에 남기고 간 그림들이고. 저기엔 제법 유명인이 된 화가도 있고 무명화가들도 있어요."

"…."

형인이 고개를 끄덕이며 처제집의 벽을 유심히 바라보았다.

"근데 말이야! 우리 같은 사람들이 보기엔 좋은 그림도 나쁜 그림도 값나가는 그림도 값싼 그림도 없어! 그림은 그저 어느 그림이나 다 작가들의 진솔한 이야기가 아니겠나? 어느 것 하나 그냥 지나칠 수 없이 소중한…."

주인아저씨는 생각에 잠긴 듯 고개를 끄덕이기도 했고,

'처제집' 벽을 한참 들여다보다가는 어떤 이름 위에 자신의 손을 한참 동안 갖다 댈 때도 있었다. 그럴 땐 어김없이 주인아저씨의 눈에 이슬이 맺혔고 짓궂은 손님들은 주인아저씨에게 혹 옛 애인을 그리워하는 게 아니냐고 꼬치꼬치 물었다.

"알고 보면 이 세상의 모든 만남이란 그리 길지 않습디다."

주인아저씨는 손님들을 오래 기억하고 싶어 벽에 낙서를 남기도록 허용했는지도 모른다.

낙서의 크기나 길이나 내용조차도 모두 고객에게 맡겨두었다. 그리고 그런 벽 위의 손님들의 흔적들은 세월이 흐를수록 모두 처제집의 정겨운 풍경의 일부가 되어갔다. 나는 그런 처제집 특유의 세월의 두께가 편하게 느껴졌다.

어릴 땐 동네에는 사람들이 발이 닳도록 드나들던 구멍가게가 있었다. 그 뿐인가? 다방, 잡화상, 전파상, 책방도 있었다. 그러나 오랜 세월 정들었던 아기자기하고 작은 규모의 동네들은 어느새 모두 다 사라지고 이제는 대형 상가가 우뚝우뚝 세워졌다. 달갑지 않은 디지털 세상이 된 것이다. 어딜 가나 건잡을 수 없이 바뀌는 세상의 물결이 느껴졌다. 얼마 전에 무인주유소를 들렀던 날도 그랬다. 주유를 받기 위해 크레딧카드를 넣는 과정이 너무나 생소했다. 카드는 결재되지 않고 도로 나왔지만, 주위에 사람이 없으니 물어볼 수 없어 그냥 돌아와야 했다. 컴퓨터도 새로운 기기가 나오면 익숙해지지가 않아서 허덕였다. 아날로그 세대에겐 점점 더 힘든 세상이 되었다.

대부분의 식당도 어느새 로봇 웨이터가 장악하고 있는 세상이다. 나는 로봇 웨이터에게 소금을 달라고 부탁하는 내 자신이 불쌍하단 생각이 들었다. 특정한 지시에만 반응하도록 프로그램이 된 로봇이 내 말을 알아들을 리 없으니 한숨만 나왔다. 요즘은 모두 자신이 듣고 싶은 말만 입력시키는 이상한 세상이 되었다. 덜컥 겁이 났다. 그러나 처제집은 아직도 여전히 아날로그의 정서가 느껴지는 곳이다. 그동안 우리같이 사는 일에 지쳤거나 상처받은 고객들이 와서 위로받고 쉬어갈 수 있는 곳으로 나름 낭만적인 공간의 역할을 맡아주고 있는 것이었다.

"저 '처제집' 외상장부를 언젠가는 박물관에 기증하는 게 어때요?"

누군가 엉뚱한 말을 하자 모두 웃음을 터뜨렸다. 처제

집엔 특이하게도 빽빽하게 외상장부들이 꽂혀있는 붙박이장이 있었다. 다른 술집에서는 찾아볼 수 없는 처제집만의 진기한 풍경이라고 할 수 있었다. 오랜 세월 동안 처제집을 찾던 손님들이 남긴 외상을 주인아저씨가 기록해 놓은 장부였다.

"아하! 정말 좋은 아이디어네요!"

"외상장부야말로 처제집만의 독특한 문화가 분명하지요. 아니면 처제집만의 아날로그 정서의 흔적이라고 해야 될까요! 하하하!"

"사실, 한때는 구멍가게에 외상을 달아놓고 살았던 어려운 시절이 있었지요. 정말 그 시절이 그리워지는군요. 요즘은 모두 컴퓨터 시스템이 처리하고 있으니 외상장부는 더 이상 찾아볼 수 없는 희귀한 아날로그의 흔적이 분명하지요."

"그러니까 이건 심리적, 경제적, 그리고 사회적인 처제집 고객들만의 독특한 흔적인 셈이죠."

"난 이해 못하겠어. 왜? 사람들은 돈도 내지 않고 외상술을 마시는지? 그럴 바엔 차라리 술을 안 마시는 쪽이 옳지 않나요?"

무명 배우의 말에 일간지 기자가 말했다.

"지금 우리가 신나게 쓰고 있는 크레딧 카드도 결국 알고 보면 외상인 거야. 은행 놈들이 쳐놓은 외상 올가미에 묶여 있는 거지, 안 그래? 문제는 인간적이냐 아니냐의 차이겠지."

"그래도 크레딧 카드를 안 쓸 수 없는 게 문제지요."

"제 말은 처제집 고객들이 어떤 심리로 그 돈을 끝까지 내지 않으려고 고집했는지에 대한 엄연한 사회심리학 연구 자료가 된다는 말이죠."

"그거야말로 정말, 인간적이냐 아니냐의 차이겠지. 그야말로 연구해 볼만한 가치가 있는 심리상태의 유형이야! 하하하!"

대학교수가 말을 마친 후 웃었다.

"근데 이건 절대적으로 처제집 주인아저씨의 의식과 관계가 있지요."

일간지 기자가 심각한 얼굴로 말했다.

"처제집 자체가 이윤을 얻기보다는 단골손님들 위주로 문을 열던 곳이니까요. 이건 어디에서도 볼 수 없는 독특한 처제집만의 문화인 거죠."

손님들이 저마다 한마디씩 했다.

나는 언젠가 그 외상장부를 꺼내 펼쳐본 적이 있었다. 외상장부에는 외상술을 먹은 고객들의 이름과 주소가 빽빽하게 씌어져 있었고 고객이 갚아야 할 돈의 액수가 적혀있었다. 그리고 돈을 갚지 않은 고객의 이름 밑엔 일일이 빨간 줄이 처져 있었는데, 거의 모든 고객의 이름 밑에 빨간 줄이 쳐있었다.

한번은 외상장부를 펼쳐본 일간지 기자가 주인아저씨에게 물었다.

"아저씨, 혹시 이 고객들에게 전화를 하거나 찾아가 보신 적이 있었습니까?"

"아니, 한 번도 그래 본 적 없어요."

일간지 기자가 고개를 저으며 물었다.

"그래도 직접 고객들에게 연락을 하시고 얼마 되지 않더라도 일단 그 외상값은 모두 받아와야 할 것 아닙니까? 이렇게 고객들에게 외상값을 안 받으면 돈도 잃고 고객도 결국은 잃게 되는 것 아녜요?"

그러나 주인아저씨는 손사래를 치며 웃었다.

"이봐요! 기자양반! 내가 그 몇 푼 안 받았다고 망하는 것도 아니고… 그이들에게도 무슨 이유가 있지 않겠소? 나중에라도 본인이 찾아온다면 또 모를까? 뭐 갚으면 갚고, 또 못 갚으면 그만한 이유가 있을 테니 굳이 찾아갈 필요는 없는 거요."

3

"처제집에서 있었던 우리들의 이런저런 이야기들을 책으로 남겨보고 싶군요."

"저 벽의 단골손님들이 쓴 낙서도 빼놓으면 안 되지요."

"물론이지요!"

일간지 기자가 말했다.

"그러니까 먼 훗날을 위해 처제집의 유산을 역사 속에 남길 생각을 해보자고요? 더 구체적으로 기억에 남을 비디오를 제작해 본다든가."

"처제집만의 독특한 문화의 특성을 모두 살려낼 수 있는 비디오는 어떨지요? 저 벽의 낙서들도 모두 집어넣고요."

"저도 찬성해요! 아주 좋은 생각이에요. 그 전에 '처제집'이란 연극도 한번 해 보죠. 정말 독특한 연극이 될 거에요. 우리 시간을 갖고 하나씩 의논해보자고요."

연극배우의 말에 단골손님들은 모두 고개를 끄덕이며

동의했다.

프란츠 카프카도 그를 이해해주지 않아 글을 쓰며 사는 일이 몹시 힘들었다지 않은가? 심지어 그의 모친도 글쓰기가 아무 이익도 없고 건강만 해치는 일이라고만 생각했다. 천재 문학가 카프카의 생애도 이런데 하물며 무명 예술인들의 삶은 불을 보듯 빤했다. 나는 처제집이 예술을 사랑하는 이들에게 노아의 방주와 같다는 느낌이 들었다.

"처제집이야말로 우리에게는 더없이 편안한 곳이야!"

"정말 그러네! 이 뚝배기와 도자기 그릇들 그리고 벽에 설치된 선반이나 시설도 아날로그의 정서가 물씬 풍기고 진정한 사람냄새 나는 목로주점이지."

형인이 말했다.

"맞아! 이 처제집은 노부부가 힘겹게 운영하는데, 돈을 벌겠다는 욕심보다는 인간관계와 분위기를 소중하게 여기는 정말 요즘 세상에서는 찾아보기 힘든 분들이지."

"지금까지도 아날로그의 정서를 지닌 채 살아가시는 분들이군."

"늘 그러셨지. 처제집이 너무 유명해져서 손님이 북적거리고 장사가 잘 되는 것은 바라지 않는다고."

사실 그랬다. 일간지 기자가 여러 번 신문에 광고하자

는 의견을 냈어도 주인부부는 완강하게 사양했다.

나는 벽마다 그림을 그리며 돌아다니기를 좋아했던 아이였다. 누가 시키지 않아도 내 안에서는 형태를 알 수 없는 그림들이 줄지어 나왔다. 요즘도 가끔 나는 처제집 벽에 무언가를 끄적거렸다. 고대의 원시인들도 그랬을까? 원시인들이 알타미라의 동굴에 그림을 그릴 땐 단지 어떤 기록을 남긴다는 생각뿐이었을까? 자신의 흔적을 후세까지 남기기 위해 그림을 보존하겠다는 의도가 있었을까?

'처제집' 벽은 해가 갈수록 손님들이 남긴 낙서들이 점점 많아졌다.

"자주 드나드는 단골들의 미술작품이 늘 다 보니 마치 소규모의 전시장 같으네."

"그러니까 말이지. 지금까지 처제집이 문을 닫지 않고 열 수 있는 것은 앞장서서 망하지 않도록 돕는 단골손님들 때문이지. 주인아저씨가 다리를 다쳐 한동안 병원에 입원을 했을 때도 손님들이 '온라인 술집'이라는 기발한 행사를 열어 후원해주었어."

그 뿐만이 아니었다. 처제집의 손님들은 그가 어떤 장르의 예술가든 술을 마시다 흥이 나면 무대에 올라 판소리 가락으로 제우스와 처용이 되었다.

처용: 제우스 형! 그간 별고없이 잘 지내셨습니까?

제우스: 오브코스! 아암! 처용 형도 잘 지내셨겠지? 근데 요즘 세상이 처용 형의 정체성 때문에 많이 시끄럽더구만 그래! 뭐? 당신이 페르샤에서 온 왕자라는 둥 형수님은 신라의 헌강왕의 딸 파라랑 공주라느니….

처용: 제우스 형 저도 들어보았습니다만, 그게 바로 최근에 발굴되었다는 페르샤의 단군신화 '쿠쉬나메'의 내용이 아닙니까?

제우스: 응, 나도 들었네! 그 쿠쉬나메란 서사시에 의하면 패망한 페르샤의 왕자가 신하들과 함께 배를 타고 도착한 곳이 신라의 땅이라고 하더구먼, 그러고 보니 그건 우리가 알고 있는 이런저런 신화의 내용과 흡사하더군. 말하자면 헤라크라스나 페르세우스의 신화 말일세!

처용: 아! 세월이 이만큼 흘렀어도 듣고 보니 그 밥에 그 반찬이로군요! 이렇게 모든 이야기들이 서로 얽히고 설킨 걸 보면 세계는 분명 하나입니다요! 형님! 안 그렇소? 얼쑤!

제우스: 그게 바로 신화와 역사의 벽이지! 뎃 이즈 더

월 오브 미스 엔드 히스토리.(That is the wall of myth and history) 뭐, 왕년에 금송아지 안 가져본 사람 있나? 절쑤!

처제집 분위기에 취해 나는 벽의 낙서들을 읽었다.

처용이 이곳을 찾다,
Zeus was here!, I am the God of Olympus!
제우스와 처용의 만남 영원 하라!
우리는 하나!, 전 세계는 하나의 꽃.
대한미국 만세!
독도는 누가 뭐래도 우리 땅!
사랑이여!
신은 죽었다, 부활하기 위해!!
GOD이 뒤집어지면 DOG!
처용과 제우스가 만나듯 이상과 카프카도 만나게 하라!
너 자신을 알라! 알아서 뭐하게?
지구는 하나!, 죽어가는 지구를 살립시다!
흰곰과 펭귄과 바다사자의 미래를 위하여!
세계에 하나 밖에 없는 처제집 빈대떡!
처제집 막걸리 만세! 처제집 만세!

주인아저씨 감사합니다!

벽에는 이 외에도 처제집을 찾았던 고객들의 흔적이 남아있었다. 수 없는 사람들의 이름과 사연들이었다. 사면 벽에서 끝없이 출렁이는 사람들의 물결이 보였다.

'벽을 밀치면 문이 되고, 벽을 눕히면 다리가 된다.'

안젤라 데이비스의 말도 떠올랐다. 나는 생각했다.

'세상의 모든 벽들은 뛰어넘기 위해 존재한다.'

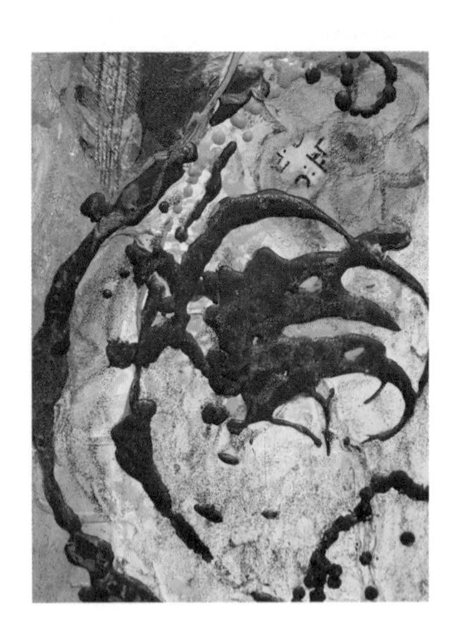

끝나지 않는 이야기

어허! 다리가 넷이라니…
둘은 내 것인데 둘은 뉘 것이란 말인고

끝나지 않는 이야기

처제집 앞에는 '원조 처제' 공연이라는 팻말이 서 있었다. 처제집 주인에 의하면 '원조 처제'란 뜻은 먼 시간 전 그 '처제집'이란 곳에서 처용과 제우스의 만남이 있었고, 지금은 그에 대한 이야기를 공연 중이라는 것이다.

그날 나는 느긋하게 공연을 즐겼다.

1

제우스: 아이 엠 제우스! 더 갓 오브 올림퍼스!(I am Zeus! The God of Olympus!) 이보시오! 난 제자, 우자, 스자, 제우스라는 사람, 아니, 올림퍼스신이요. 제발 발걸음을 멈추시오. 아이구 숨 차라!

처용이 제우스란 사람의 말에 우뚝 걸음을 멈추며 뒤를

돌아보았다. 건장한 남자 처용이 엉거주춤 선 채 제우스에게 물었다.

처용: 그런데 지금 도대체 왜 날 부르시는 거요? 난 처자, 용자, 처용이라고 합니다만.

제우스: 처용, 노우! 프린스 오브 드레곤!(Prince Of Dragon!) 제발 오해는 마시게나!

제우스란 남자가 다급하게 말했다.

제우스: 프리이즈 돈 겟 잇 롱!(Please, don't get it wrong!) 자네가 본 것은 그런 게 아니었다네! 암, 전혀 그런 게 아니었다니까?

처용: 뭐? 프린스? 그래! 내가 왕자라고? 그런 게 아니라뇨? 그게 무슨 말씀이신지?

제우스: 프리이즈 프린스 오브 드레곤!(Please, prince of dragon!) 노우, 처용 형! 내 스틱스 강을 걸고 맹세컨대, 결단코, 내 인생에서 범죄를 저지르지 않았다는 사실을 이 자리에서 밝혀두려 하오.

제우스가 엄숙하게 선언했다.

제우스: 투 텔 유 더 투르쓰.(To tell you the truth,) 프린스 오브 드레곤! 내가 당신을 따라온 이유는 오해를 풀고, 또 의논할 일이 몇 가지 있어서요.

처용이란 남자가 제우스란 남자의 말에 잠시 하늘을 올려다보았다.

그날 회사 사람들과 회식으로 밤늦도록 노닐다가 집으로 돌아온 처용은 유독 아내에게 미안한 마음이 들었다. 계속되는 여러 명목의 회식을 아무리 왕의 아들이었지만 그래도 아직은 말단인 그가 감히 빠질 수 없는 상황이었다. 마음이 내키지 않았어도 주(酒)신의 힘을 빌려 흥겹게 놀다보면 시간은 늘 자정을 넘겼다. 비록 사글세로 얻은 집이었지만 엄연한 왕비의 신분인 아내가 깨지 않도록 가만히 방문을 열었다. 술이 거나하게 취한 터라 넥타이를 풀고 침상으로 다가갔다.

아뿔싸!

이상한 기척에 놀란 나머지 취기에서 깨어난 처용, 침상 옆 램프의 스위치를 켜려다 그만둔다. 방문 앞으로 돌아온 처용, 슬며시 문을 닫고 밖으로 나온다.

침상엔 아내의 두 다리 이외에도 낯선 사내의 두 다리가 나와 있었다. 처용은 분명 슬픔, 분노, 자학, 허탈의 심정이었지만 고귀한 신분으로서 시정잡배들처럼 감정을 고스란히 다 드러낼 수는 없는 노릇이었다.

어허!
다리가 넷이라니…
둘은 내 것인데
둘은 뉘 것이란 말고.
본래는 내 것이었는데
이미 앗긴 것을 어찌할꼬!
에헤야 데 헤야

처용은 자신도 모르게 자작시 비슷한 노래를 읊고 덩실덩실 춤을 추며 집 앞 골목길을 지나 큰 저자거리로 나왔다.

잠시 멈춰선 처용.

'가만 있자! 그래도 생각은 해 보아야지. 두 개는 내자거라지만 다른 두 개는 누구 것이뇨?'

이런저런 생각에 잠긴 처용. 믿음의 아내. 아니, 왕비에게 배반당한 처용은 막상 어디로 가야 할지 막막했다.

2

1막이 끝났다. 나에게 다가온 주인아저씨가 막걸리를 가득 따라 놓았다. 그때 옆 테이블의 손님이 다가와 물었다.

-이런 처용의 이야기는 처음인걸요? 그런데 처용은 그

렇다 치고 왜? 서양의 신 제우스가 끼어든 거죠?

그의 물음이 진지했다.

-아! 요즘 현대극들은 이런 식이죠. 허구 중의 허구랄까? 그렇지만 잘 들어보면 그냥 막무가내로 지어낸 창작극이라고 매도하기엔 의미심장한 면도 분명히 있어요.

주인아저씨는 손님에게 지금 공연 중인 극이 바로 '원조 처제' 즉, 원래의 처용과 제우스의 만남에 대한 이야기라고 했다.

-그래서 우리 술집 이름이 '처제집'이 되었지요. 근데 그걸 정말 모른다는 말씀이요?

손님은 주인아저씨의 물음에도 금시초문이라는 듯 고개를 저었다.

-제 2막-

무대 위에 장착된 대형 영상으로 수많은 능선과 산줄기를 지나 푸른 동해바다가 훤히 보였다. 제우스는 종횡무진으로 흐르는 타임머신을 타고 올림퍼스 산을 떠나 동쪽으로 흘러왔다. 신라의 땅으로 진입한 후 구름 위에 한가하게 걸터앉아 저 아래 세상을 재미 삼아 내려다보았다. 바다 쪽에서 산기슭을 타고 앞을 분간할 수 없을 지경으로 꿈틀거리며 낮게 몰려오는 거대한 해무가 보였다.

-!?

휘어지다 치솟은 산등성을 기세등등하게 오르던 해무의 빛이 점점 짙어지며 아들 일곱을 거느린 거대한 용이 나타났다. 그때였다. 사위가 잿빛 기류에 휘말렸다. 요란한 천둥번개가 하늘을 뚫고 지축을 흔들었다.

위풍당당하게 바닷가를 순행하는 왕 앞으로 동해용왕이 오색영롱한 비늘을 번쩍이며 나아갔다. 폭풍과 번개가 서서히 잦아들고 사위가 영롱한 빛의 기운에 싸인 가운데 용왕의 장성한 왕자들이 왕에게 예를 올렸다.

-!?

그때였다. 오색의 나비가 나르는 듯 황홀하고 신비한 비천과 번쩍이는 의상의 무희들이 사방에서 출몰했다.

제우스는 놀란 나머지 정신이 몽롱해졌다. 이어지는 화려하고 흥겨운 연회, 그렇게 제우스는 인간 세상에 나온 용왕의 막내 아들의 뒤를 쫓게 된 것이었다.

3

처용은 서라벌에서 국정을 보살피는 동안 미모의 아내를 만나 평범한 가정을 꾸리고 있었다.

휘영청 달 밝은 어느 보름날. 처용이 밤늦도록 회식을 위해 집을 비웠을 때를 틈타 제우스는 호기심을 이기지 못하고 스르르 구름에서 내려왔다. 그리고 그 언젠가 알크메네의 방으로 스며들 듯 처용의 아내, 아니, 동해용왕의 왕비의 방으로 살짝 스며들었다.

-프린스 오브 드레곤!(Prince Of Dragon!) 이보게 처용!

처음 처용은 누군가 자신을 부르고 있는지조차도 몰랐다. 처용의 사모 위에 달린 분홍빛 모란 종이꽃이 덩실덩실 추는 춤을 따라 중구난방으로 흔들렸다. 그래도 처용은 계속 앞으로만 정처 없이 가고 있었다. 그러나 그 남자는 집요하게 처용을 따라왔다.

처용은 남자를 돌아보았다. 변신에 능한 남자 아닌 제우스는 가면을 쓰고 있어 그 낯선 남자가 누구인지를 도저히 알 길이 없었다.

'쯧! 쯧! 베네치아도 아닌, 할로윈도 아닌 지금 해괴하게 가면이라니!'

'지금이 어느 시대인데, 사모에 종이꽃을….'

그래도 처용에게 허심탄회하게 자신의 이름을 밝힌 제우스. 그는 이미 처용의 신분을 알고 있었다.

-당신이 나를 안다고요?

처용이 놀라서 그에게 묻고 말을 이었다.

-이런 황당한 일이 있나? 나도 나를 모르는 데 당신이 어찌 나를 안다고 하는 거요? 아무튼 그럼 어서 내가 누군지나 말해 보시죠?

-오우! 슈어! 오브코오스! 나는 처용 형이 누군지 알고 있지요. 당신이 원래는 용왕의 일곱 아들 중 하나였다는 사실을 말이요

-으흠!

처용은 자신의 가계를 모두 꿰고 있는 그 남자가 재미있는 자라고 생각했다. 처용은 찬찬히 빨간 고수머리가 어깨까지 내려온 거구의 서양남자를 바라보았다.

-유 슈어 알 프린스 오브 드레곤.(You sure are Prince Of Dragon.) 댁은 정말 그렇소!

제우스는 정색을 했다. 제우스는 확신하고 있었다. 일찍이 대지의 여신 가이아의 자식인 왕뱀의 아들 내외도 퓌톤과 퓌튀아, 즉, 드라코, 드라키아란 숫용과 암용이라고 불렸던 걸 보면, 그의 가계도 용과 관련이 있었음이 분명했다. 그러고 보면 자신도 그들의 직계 자손인 만큼 용의 가문과 아주 관계가 없는 것도 아닐 터였다. 그렇다면 이 동양의 왕족인 용의 아들 처용과 먼 친척뻘이 될 법도

하지 않은가?

그러니, 알고 보면 세계는 하나고, 따지고 보면 조상도 분명 하나일진대, 왜 세상은 이토록 화합하지 못하고 전쟁이 꼬리를 물며 용트림만 하고 있는 건지 영 알 수가 없었다. 제우스는 긴 한숨을 내쉬었다.

처용은 제우스에 대해 더 허심탄회하게 알고 싶어 했다.

-흐음. 그리고 또?

-엔드 올소우?(And also?) 그리고 또? 라니… 설마… 그럼, 내가 알고 있는 그 몹쓸 놈의 역신의 이야기를 묻는 거요?

-몹쓸 역신이라니…?

제우스는 생각에 잠겼다. 그래도 세상에는 늘 순서란 게 있기 마련이었기에 그 할 일이란 이제 곧 스스로의 정체성을 정리해 밝히는 일이었다. 그렇지만 그것 또한 그에게는 난감한 일이었다. 그는 스스로가 생각하기에도 대책 없이 잔인한 캐릭터의 역신이었기 때문이었다.

'이거야! 스스로 내 자신이 몹쓸 역신이란 사실을 이실직고해야 하는 게 아닌가?'

제우스의 과거는 많은 오류로 물들어 있었다. 자신의

과거를 생각하면 오싹해질 정도였다. 실제로 그는 욕심쟁이에다 바람둥이의 끝판왕이었다. 안하무인에 지독한 질투의 소유자였다. 좁은 소견의 점입가경, 내로남불의 심통 맞은 신이었다.

스스로도 자신을 어떻게 해독해야 할지 난감했다. 자신이 정녕코 신인지? 우매한 인간인지? 아님, 한낱 짐승인지 종잡을 수 없었다. 신전을 찾을 때마다 자신에 대한 기록을 읽을 때면 스스로의 행태에 대해 절망한 나머지 고개를 들 수조차 없었다. 그러나 그는 대의를 위해 이 정도의 이실직고는 아무것도 아니라고 재빨리 마음을 고쳐먹었다.

–솔직하게 말하리다! 투 텔 유 더 투루쓰!(To tell you the truth!) 요즘엔 별의별 인간, 아니, 별의별 귀신들이 많이 돌아다니는 세상이 되었다오. 개 중엔 심지어 다리도 꼬리도 제대로 된 형상도 없이 허영에 들뜬 자들도 있지요. 그들의 특징은 백중, 오봉, 7월 중순 '배고픈 혼령의 달'이면 배고픔을 못 이겨 무엇이고 끊임없이 먹어치우는 습성이 있지요. 뿐만이 아니라 그 불안한 영혼들은 특히 밤이면 슬그머니 밖으로 나와 이상한 짓을 벌이고 다닌다지요. 흠흠. 물론, 그 별의별 귀신들의 특징은 죽지 않았는데도 일찌감치 귀신이 된 자들도 있는데다, 이제는 밤

이 아닌 대낮에도 횡행하고 있는 실정이지만… 늘 내로남불, 스스로에 대한 자만심으로 꽉 찬 과대망상증 환자라지요.

그러나 제우스는 생각했다. 그렇다! 이 모두는 그저 과거지사일 뿐 나는 더 이상 이전의 내가 아니라고.

-이젠 더 이상 과거지사를 운운할 시간이 없단 말이오.

처용이 말을 이었다.

-지금 지구는 너무 많은 문제로 들끓고 있으니 말이오. 저 툰드라의 에스키모들과 녹아버린 만년설에 쫓겨 떠도는 흰곰들과 죽어가는 물개와 펭귄들을 생각해 보았소? 아프리카의 죄 없는 아이들이 구정물을 마시고 그 가엾은 얼굴 위에는 파리떼가 앉고 그 순결한 아이들이 계속되는 굶주림 때문에 흙을 파서 먹고 있는 것을 보면… 잠을 설칠 지경이라오.

처용의 말에 제우스도 심각하게 고개를 끄덕였다.

-일찍이 저의 부친 용왕님이 저를 세상으로 내보낸 이유도 인간 세상의 안위를 위해서였지요. 육지가 편해야만 용궁도 편할 수 있지요. 모든 이들이 편해야 세상이 편해지듯이. 하물며….

처용이 깊은 한숨을 내쉬었다.

-인디드! 낫씽 이즈 첸지드!(Indeed! Nothing is changed!) 프린스 오브 드레곤, 근데, 이같이 지구에 많은 문제가 있는데도 불구하고 아직도 세계 각국 정상들의 기후온난화 정책은 지지부진 탁상공론뿐이고 아무것도 더 나아질 기미가 보이질 않으니….

-어디 그뿐이요? 가뜩이나 고령화시대가 되어가는 이때, 코로나 펜데믹으로 수백만 명이 넘는 귀한 생명이 목숨을 잃는 둥, 이젠 몽키 팍스다 변종 오메크론이다 뭐다! 트윈데믹이다! 형님, 결국 세계는 이렇게 종말을 맞는 걸까요?

-설마….

처용이 고개를 저었고 제우스도 비관적인 얼굴이었다.

-프린스 오브 드레곤!(Prince Of Dragon!) 처용 형! 지금 이 순간에도 세상에서 버젓이 존재하는 모든 범죄자들, 인신매매단들, 마약 딜러들, 남의 가게를 부수고 도둑질을 일삼는 떼강도들, 무슨 이상한 가상화폐를 만들어 인간사회를 몹시 헷갈리게 하는 무리들, 아니, 그보다도, 전쟁터도 아닌데 툭하면 총을 들고 거리로 나와 아무에게나 총을 쏘아대는 저 포스트 서부활극의 주인공들은 또 어떻게 해야 합니까?

–정말 큰 골칫거리로군. 흠, 흠, 이젠, 마켓은 물론, 정부기관도, 어린 학생들의 신성한 교육의 현장인 학교도, 일반 가정집과 심지어 교회도 더 이상 안전지대가 아니니, 참!!

–예스! 밧, 밧, 노바디 케어! 그런데 총기를 규제하기는 커녕, 너도 나도 총을 사들이기에만 바쁘다면서요? 심지어 공화당에서는 모든 교사들도 학생들을 보호하기 위해 총을 구입하라고 했다니….

4

아무런 맥락도 없이 이야기 도중에 갑자기 무대의 막이 내렸다. 극은 어정쩡하게 끝났다.

–!

극이 끝나고도 '처제집'에선 한동안 정적이 계속되었다. 손님들의 표정은 어두웠고 숨소리 하나 나지 않았다.

–근데 그거 알아요?

갑자기 주인아저씨가 나에게 물었다.

–네?

–세상사도 모두 수학문제 같은 거라고요. 문제를 잘 이해하면 답은 저절로 나오게 되는… 그러니 우리는 우선

이 지구가 안고 있는 문제들을 잘 이해해야만 결국, 그 해결책을 얻을 수 있단 말이오!

주인아저씨는 심각한 표정으로 우리를 둘러보았고 우리는 주인아저씨의 얼굴만 멍하니 바라보았다. 주인아저씨는 침울한 술집의 분위기를 바꾸어 보려는 듯 화제를 돌렸다.

-참! 결국 감히 처용의 아내를 범하려던 역신은, 아니, 신은 바로 제우스였다는군요. 그러니까 역신은 신통력으로 처용의 모습으로 둔갑을 했었다는 거라고요. 핫! 핫! 핫!

-!?

주인아저씨의 엉뚱한 이야기와 몇 번 들이킨 막걸리 탓인지 내 머릿속이 점점 더 몽롱해졌다.

'이럴 수가!'

무대 쪽으로 시선을 옮겼던 나는 깜짝 놀랐다. 놀랍게도 무대는 흔적도 없었고 매번 나에게 막걸리를 따라주던 주인아저씨의 모습도 옆 테이블의 남자도 보이지 않았다. 폭풍은 '처제집'에서 수런대는 밤처럼 끝날 기미를 보이지 않았다.

Shirley KWAK '20

이매진, 평화를 기원하며

당신도 언젠가 우리와 함께하길 바라요
그러면 세상은 하나가 될 거에요

이매진, 평화를 기원하며

그날은 마침 아주 낯설고 에그조틱한 여인의 이름을 가진 태풍이 지나간다는 뉴스가 들려오던 밤이었다. 처제집 주변에는 이클립스나 차이니즈 오키트 그리고 야자나무는 물론 자스민과 가드니아 등, 유난히 나무들이 많아선지 바람이 불 때마다 나무들끼리 부딪치는 소리와 어디선가 무언가가 날아왔는지 벽을 세게 때리는 소리가 불길하게 들려왔다. 처제집의 모든 창문들과 블라인드 역시 지진이 난 듯 쉬지 않고 덜컹거렸다.

"아무리 이상기후라고는 하지만 지금 비가 오고 있다니 너무나 이상한 일이로군요."

연극배우가 고개를 갸웃하며 말했다.

"그리고 지금은 우기도 아니지 않아요?"

가수지망생의 말이었다. 그는 아무 공연이 없을 때마다 무대 위에 올라 열창을 하곤 했는데 평소에도 별로 특별히 하는 일이 없어선지 자주 처제집에서 만나게 되는 고객들 중 하나였다. 오늘은 무슨 일인지 일찍부터 처제집으로 나와 가수지망생과 함께 식사를 하던 연극배우가 가수지망생의 말에 고개를 끄덕였다.

"이상기후뿐만이 아니지요. 모르시겠어요? 지금은 전 세계가 너무나 이상하게 돌아가고 있어요."

일간지 기자가 말했다.

"요즘은 연쇄적으로 지구의 이곳저곳을 강타하며 출몰하는 폭우와 태풍은 물론, 산불과 지진들이 정말 정신을 차릴 수 없을 지경으로 잦아지는군요. 하늘 아래에 있는 유일한 천국이라는 하와이의 마위 섬도 산불로 섬 전체가 불타서 폐허가 되었다는군요."

"네에? 그 아름다운 마위 섬이 모두 파괴되었다니… 정말 믿을 수 없군요."

"맞아요! 지금 지구는 변화를 거듭하고 있는 중이에요? 휴우~"

무명배우의 옆에 앉아 막걸리를 마시던 대학교수가 고개를 옆으로 저으며 단호하게 말했다.

"한국에서도 태풍으로 도시 전체가 물난리를 치르고 있지요. 한국과 미국까지, 아주 지구 전체가 몸살을 앓는군요."

대학교수가 다시 말했다.

"그렇지만 말이지요? 사람들이 천편일률적으로 기후의 위기라고만 몰아가고 있는 이런 분위기는 또 뭐죠? 이 역시도 심상치 않게 느껴지는군요."

무명배우가 옆 테이블에 앉아있던 일간지 기자에게 말했다.

"어떤 세상이 되었건 앞으로 어떤 세상이 오건 우리는 그저 정신만 바싹 차리고 있으면 되는 거지요. 참! 누군가 그러더군요. 기후의 문제도 단순히 과학만이 아닌 정치적인 문제로 보아야 한다고요."

주인아저씨가 우리들이 있는 테이블에 막걸리를 내려놓으며 말했다.

"정말 답답하군요. 과연 세상의 진실은 무엇인지? 속 시원히 알고 싶군요. 요즘은 세상이 어떻게 돌아가는지, 무슨 롤러코스터를 탄 것처럼 걷잡을 수 없어요."

연극배우의 탄식이 들려왔다.

식당 안이 어두워졌다. 주위를 둘러보니 무대 위에 장착된 대형 스크린에 불이 켜졌다. 공연이 없을 때도 스크린에서는 가끔 밤 뉴스가 나오거나 지금 한창 핫하게 상영되고 있는 영화의 광고를 볼 수 있었다.

오늘은 비 오는 날답게 처제집 안엔 특유의 빈대떡과 생선전이 익는 냄새가 요란했고 단골들은 대부분 저녁식사를 마치고도 일어날 생각이 없는 듯 빈대떡을 안주 삼아 막걸리를 마시는 중이었다.

나도 처제집에 앉아 한가한 시간을 보내고 있었다. 창밖에선 가로등 빛을 받은 젖은 나무들이 요란하게 번들거리며 중구난방으로 흔들렸다. 그때였다. 사람들이 나누는 이야기로 소란하던 처제집 안이 한 순간 조용해졌다. 나는 스크린 쪽으로 시선을 옮겼다.

"이 무대에 도전하고 싶었던 이유는 무엇인가요?"

한꺼번에 스포트라이트를 받은 청년이 부신 눈을 가늘게 뜨고 대답했다.

"저는 무엇보다 음악을 사랑하니까요. 노래를 부르는 건 제 유일한 취미이기도 하구요."

카메라는 담담하게 대답하는 청년의 고요한 표정을 놓치지 않고 담아냈다.

"오늘 부르실 곡은 뭐죠?"

재주꾼들을 양산해 낸다는 그 유명한 '브리티쉬 갓 탈렌트'란 프로그램이 화면에 뜨고 있었다. 여전히 말끔하고 상큼한 차림새의 아만다란 심사위원의 표정이 점점 더 크게 화면 가득 확대되었다. 심사위원들은 모두 세련미와 지성미와 능숙한 말재주까지 더한 유명인들로 구성되어 있었다. 카메라가 부지런히 무대의 뒤쪽으로 줌을 좁혔고 이번에는 한 청년의 귀염성 있는 얼굴이 화면 위로 클로즈업되었다.

프로그램의 사회자가 그 청년에게 질문을 던지던 참이었다.

"음, 그건… 제가 가장 좋아하는 존 레논의 곡이지요."

"부디 좋은 결과가 있기를 빕니다."

프로그램 관계자가 말했다.

"네, 저도 그러기를 바래요. 감사합니다."

카메라가 무대 위로 걸어가는 청년의 뒷모습을 부지런히 따라갔다. 그때였다.

'아니!?'

청년은 걸음을 한 걸음씩 옮길 때마다 몹시 힘들어했다. 나는 깜짝 놀랐다. 청년은 걸을 때 몸이 한쪽으로 기우뚱 중심을 잃으며 휘청거렸다. 나는 곧 그 이유를 알 수 있었다. 청년에게는 누구에게나 응당 양 어깨에 달려 있어야 할 팔이 없었던 것이다. 아니, 한쪽에만 있었다. 그러나 그 한쪽 손도 녹아서 구부러져 있다. 그 청년에게 제대로 성하게 남아있는 모습이란 단지, 온화한 미소가 잠시도 사라지지 않는 귀티 나는 얼굴뿐이었다.

청년이 무대 한가운데 마이크 앞에 섰다. 청년의 몸은 그저 가만히 서 있기에도 버거워 보였다. 이윽고 심사위원들이 청년과 인터뷰를 시작했다.

"당신의 이름은 무어죠?"

"저는 임마누엘 켈리입니다."

세상에, 임마누엘이라니… 거룩한 이름이었다.

"나이는?"

"음, 전… 제 나이를… 잘 몰라요."

순간 심사위원들이 모두 긴장하는 것 같았다.

"하하! 그냥 추측해 볼 수는 있지만 말이지요."

청년이 미소와 함께 침착하게 설명을 곁들였다.

"그건, 말이죠? 제가, 아니, 저와 제 동생이 원래부터 이라크 전쟁터에 버려져 있던 고아였기 때문이지요. 우리는 언제부터 거기에 버려졌는지 기억을 못하고 있으니까요."

청년은 자신의 가족이 있는 곳으로 얼굴을 돌렸다. 순간 카메라는 청중석의 청년 가족들에게 포커스를 맞추었다. 화면은 청년의 모습을 많이 닮았고 역시 양팔을 잃은 왜소한 청년의 동생과 그들의 사촌이란 이들에게 포커스를 맞추었다. 그들은 모두 무대 위의 임마누엘을 바라보며 밝게 웃고 있었다. 그들 사이에는 시종일관 아름다운 교감이 맴돌고 있었다.

"사실, 저와 제 동생은 너무나 어려서 모든 상황을 알 수가 없었지요. 우리가 왜 거기에 있었는지? 우리의 부모님들은 누구인지조차도 모릅니다. 아마도 우리만 전쟁터에 남아있었던 이유는 이라크 전쟁 중에 폭탄이 터졌고 그때 저희들과 함께 계시던 부모님들이 모두 한꺼번에 돌아가셨기 때문인지도 모르지요."

장내는 충격으로 조용해졌다. 기침소리 하나 들리지 않았다.

"양어머님이 저희를 미국으로 데려와 길러주실 때까지는 말이지요. 그때 우린 그렇게 둘만 전쟁터에 버려져 있었다고 하더군요."

나는 분노하고 있었다. 불구의 모습을 하고있는 전쟁의

신(神)의 실체를 본 것 같았다.

인류 역사상 전쟁은 언제나 있었고, 그때마다 참혹했다. 생각해보면 나의 어린 시절은 전쟁의 후유증으로 그늘졌고, 늘 배가 고팠다. 피난 간 도시에는 전쟁으로 부모를 잃은 어린 아이들, 싸움터에서 다친 상이군인들이 많았다. 그리고 나의 조국은 아직도 전쟁의 그늘을 완전히 벗어나지 못했다.

장내는 단연 숙연해졌다. 잠시 후 밀물처럼 밀려오는 충격을 수습한 심사위원이 청년에게 물었다.

"그럼 오늘은 어떤 곡을 부를 예정이지요?"

"존 레논의 '이매진'이에요."

난 놀랐다. 그 곡은 '하필이면' 내가 평소에 너무나 좋아하는 곡이었다. 언젠가 일본의 작가 무라카미 하루키도 이야기한 적이 있었다. 음악이 전쟁을 중단시키기는 어렵지만, 음악을 듣는 이들에게 전쟁을 멈추게 해야 한다는 생각을 불러일으킬 수는 있다고. 나 역시 무라카미 하루키처럼 '이매진'이야말로 전쟁을 멈추게 할 수 있는 파워를 지닌 반전음악으로 꼽고 있었다.

이윽고 반주가 나오고 청년의 노래가 시작됐다.

상상해보세요, 천국이 없다고
한번 해보면 쉬울 거예요
우리 발 아래 지옥도 없고
제 위에는 오직 하늘뿐이에요
상상해보세요, 모든 사람들이
오늘을 위해 살아간다면, 아하-아…

상상해보세요, 국가 따위는 없는 세상을
어려운 일이 아니에요
살인도 없고, 희생도 없고
종교조차 없는 그런 곳이요
상상해보세요, 모든 사람들이
평화 안에서 살아간다면…

나를 꿈꾸러기라고 말할 수도 있겠지요
하지만 나는 혼자가 아니랍니다
당신도 언젠가 우리와 함께하길 바래요
그러면 세상은 하나가 될 거에요.

청년은 자신감 있게 안정된 음정으로 노래를 불렀다.

그저 단순히 잘 부르는 노래가 아니었다. 청년의 노래는 심사위원들 뿐만이 아니라 모든 이들이 매료될 만큼 매력과 카리스마를 지니고 있었다. 어느새 나의 양 볼에서 눈물이 흘러내렸다. 심사위원들도 청중들도 모두 울고 있었다.

이라크 전쟁은 이라크와 미국의 전쟁이었다. 한국군도 참전했던 심각한 전쟁이었다. 그러나 보아라! 이 전쟁의 진정한 피해자가 누구인지! 아무리 적진에 있었다 해도 이 어린 생명들에게 무슨 죄가 있단 말인가? 이제 이라크의 독재자였던 사담 후세인 대통령도 죽었고, 알카에다 두목 빈 라덴도 죽었다.

전쟁터에서 천진난만하게 놀던 죄 없는 두 아이. 이들은 겨우 목숨을 구했지만, 사랑하는 부모도 잃었고, 두 팔도 잃었고, 거기에다 온몸에 파편 세례를 받아 만신창이가 된 채 죽음보다 못한 삶을 이어가고 있지 않은가? 미국의 양엄마가 이들 형제를 구해주지 않았더라면 청년과 그 동생은 이 세상 사람이 아니었을지도 모른다.

청년은 말했다. 지금은 자신과 동생이 살아있기에 서로를 볼 수 있어서 행복하다고. 그리고 양 엄마와 더 많은 형제들이 지금 자신들과 함께 있기에 더 행복하다고….

나는 멍하니 무대 위에 서 있는 천사의 모습을 바라보며 생각에 잠겼다. 오직 이라크인이었기에 폭탄 세례를 받았고 전쟁터에 있었기 때문에 두 팔을 잃어야 했었던 천사를.

나는 이매진이란 노래의 가사에 대해 생각해 보았다. 과연 이 노래의 가사처럼 국가가 없었다면 종교도 이념도 없다면 죽고 죽일 일도 없었을까?

행복이란 무엇인가? 행복이란 가족들이 한자리에 모여 서로 의지하고, 사랑을 나누며 오순도순 살아가는 것이다. 그런데 이 청년에게서 가장 기본적인 권리와 모든 것을 앗아가버린 전쟁이란, 아니, 전쟁의 신이란 어떤 형상을 하고 있는 괴물인가 말이다? 폭탄을 포함한 모든 무기들은 다른 생명을 죽이기 위한 목적 이외에는 아무것도 아니다. 그러나 역사는 아직껏 이렇게 엉성하고도 엉망진창의 전쟁이란 비극을 되풀이하고 있다.

이 기막힌 모순은 또 무슨 뜻일까? 피를 보도록, 아니 서로가 흘린 피를 짜내어 한 컵 가득 따라 마셔야만 하는 이 증오심은 어디에서 비롯되는 것인가? 전쟁이 없는 세계는 없을까? 전쟁을 없앨 수는 없을까?

문득 내 삶 속의 모든 것은 나란 존재의 고유한 주파수며 내가 누구인지를 알고 싶으면 내 주위를 보면 안다고 했던 누군가의 말이 생각났다. 결국 내가 가는 곳과 내가 보는 모든 것은 모두 나와 관계된 일이며 나의 마음 같은 것이라고 했다. 나는 생각했다. 그렇다면 나는 지금 왜 하필이면 이런 슬픈 전쟁의 사연이 담긴 스크린을 바라보고 있으며 이런 처참한 광경을 보고 있는 것인지 알 수가 없었다.

나는 내 주변을 돌아보았다. 처제집 손님들도 말없이 스크린을 바라보고 있었다. 내 옆 테이블에 앉아있던 연극배우가 나를 돌아보며 말했다.

"이건 너무나 슬픈 사연이 아닌가요?"

그러자 모든 이들이 그녀에게 고개를 끄덕여 보였다.

"정말, 안타깝고 슬픈 전쟁의 상흔을 보는 것 같군요."

"아니, 우리는 지금 전쟁의 그 잔인성의 극치를 보고 있는 거지요."

누군가 화면에서 눈을 떼지 않은 채 분노한 듯 말했다. 화면에 비친 임마뉴엘의 모습은 지금 모든 이들에게 전쟁의 후유증이 얼마나 가공할 만큼 무서운지를 보여주고 있었다.

처제집에선 아직도 임마뉴엘의 애처로운 노래가 흐르

고 있었다.

나는 다시 내 주위를 둘러보았다. '내가 누구인지'를 알고 싶으면 주위를 돌아보면 된다지만, 그러나 임마누엘이란 천사의 불행을 보면 우주는 아직 세상에 관한 한 적절한 답을 제대로 주고 있지 못하고 있는 게 분명했다. 세상 사람들의 마음 역시 아직도 하나가 되기에는 요원한 게 분명하다고….

그러나 난 인간들의 마음속에서 미친 용암처럼 들끓고 있는 그 증오심을 없애고 싶었다. 모든 이들이 평화를 누리며 살 수 있는 날을 기다리고 있었다.

'이매진' 역시 존 레논이 인류의 평화를 기원하며 작곡한 곡이건만 아직도 이 지구상에서는 전쟁이 끊이지 않고 있다.

누군가 그랬다. 사실 이라크의 전쟁은 이라크가 보유하고 있는 그 막대한 유전을 탐내는 세력들 때문에 일어난 전쟁이었다고. 더욱 아이러니한 일은 미국이 파견한 조사단이 이라크 전쟁을 시작한 근거가 된 '대량살상무기는 전혀 존재하지 않는다'라는 보고서를 제출하며 이라크와의 전쟁의 정당성이 흔들리는 결과를 낳았다는 사실이었다.

가엾은 임마누엘은 결국 그 절대로 일으키지 않았어야

마땅한 전쟁의 희생자가 된 셈이었다. 그렇지만 이 세상 어디에 일으켜야만 할 전쟁이 있단 말인가?

상상해보세요, 소유한 것 없는 삶을
잘 그려질 수 있을지 모르겠지만
탐욕도 없고 굶주림도 없고
오직 인류애로 가득한 사람들의 세상
상상해보세요, 모든 사람들이
온 세상을 함께 나누며 살아간다면…

나를 꿈꾸러기라고 말할 수도 있겠지요
하지만 나는 혼자가 아니랍니다
당신도 언젠가 우리와 함께하길 바라요
그러면 세상은 하나가 될 거에요

–존 레논의 〈이매진〉

나는 생각했다. 아무리 강력하고 잔인한 폭탄도 결국 음악을 깨부수지 못하리라고. 전쟁이 남긴 상처를 끝끝내 어루만지는 것은 결국 사랑이 담긴 음악이라고.

살아있음에 감사

생에 감사해 내게 많은 걸 주어서
웃음과 눈물을 주어서…

살아있음에 감사

이렇게 궂은비 추적추적 내리는 날에는 '처제집'이 제격이다. 축축한 마음을 따스하게 보듬어 안아주는 곳, 처용과 제우스가 어울려 춤추는 곳, 사람냄새 사이사이 신의 냄새로 노래가 흐르는 곳… 그곳이 '처제집'이다.

밤이 깊어지고 있었지만 처제집은 사람들로 북적였고, 빗줄기 속에서도 모든 사물이 반짝이고 있었다. 옆 테이블 사람들이 두런두런 나누는 이야기소리가 간간이 들려왔다.

나는 축축한 빗소리를 들으며 편안한 마음으로 막걸리를 소화제 삼아 늦은 저녁을 먹었다.

잠시 후 무대가 밝아지고, 청바지 차림의 젊은 가수가 기타를 메고 무대에 섰고, 손님들이 저마다 무대를 향해 손뼉을 치거나 휘파람을 불었다. 곧 이어 노래가 흘러나왔다.

내가 좋아하는 메르세데스 소사의 노래였다. 그라시아스 알 라 비다!

내게 많은 걸 주신 생에 감사해요
눈을 뜨면 흰 것과 검은 것
높은 밤하늘을 수놓은 별들
그리고
군중 속에서도 내 사랑하는 사람을
온전히 알아보는
샛별 같은 눈을 주어서 감사해요

내게 많은 걸 주신 생에 감사해요
귀뚜라미 소리, 새소리,
망치 소리, 기계 소리, 개 짖는 소리, 소나기 소리
그리고
사랑하는 이의 부드러운 목소리

노래를 듣는 동안 언젠가 어디선가 읽었던 '라틴아메리

카가 말을 할 수 있다면 메르세데스 소사의 목소리를 통해 말할 것이다'라는 문장이 떠올랐다. '아르헨티나 민중의 어머니'로 불린 국민가수 메르세데스 소사는 군부 독재정권에 정면으로 맞서다 체포되어 긴 망명생활을 했던 진정한 가수였다.

생각해보면 놀라운 일이다. 제 나라에서 쫓겨나 타향을 떠돌며 힘겨운 망명생활을 했을 메르세데스 소사가 이렇게 살아있음에 감사한다는 고백의 노래를 진심으로 정성껏 부르다니… 나는 메르세데스 소사의 넉넉하고 푸근한 모습을 떠올리며 노래에 깊이 빠져들었다. 자신의 이념을 위해 치열하게 살아왔을 메르세데스 소사. 나는 자신의 힘들고 벅찬 삶 속에서도 늘 감사하며 살아왔던 한 위대한 여가수 소사의 노래에 깊은 감동을 받았다. 정신없이 그녀의 노래에 취한 나머지 눈길을 무대에서 떼지 못했다.

노래가 끝나자 손님들은 모두 무대를 향해 뜨거운 박수를 보냈다.

–노래 참 좋지요?

굵직한 목소리가 들려온 건 바로 그때였다. 주인아저씨였다. 막걸리 뚝배기를 들고 나에게 다가온 주인아저씨는 쟁반을 테이블 위에 내려놓고 막걸리를 가득 따라주며 말했다.

-어때요? 노래 정말 좋지요?

-네, 너무 좋네요. 지금까지 여기서 많은 공연을 보았지만, 오늘 들은 노래는 메르세데스 소사의 내면에서 우러나온 만큼 정말 아름답고 감동적이네요.

-나도 그래요. 저 친구 오늘 밤 내가 꼭 하고 싶었던 이야기를 속 시원히 대신해주는구먼….

노래를 끝내고 내려오던 가수는 사람들이 앵콜을 외쳐대자 다시 무대 위로 올라갔다. 주인아저씨도 감동한 얼굴로 조용히 노래를 따라 불렀다.

내게 많은 걸 준
생에 감사해,

주인아저씨는 아예 내 앞으로 의자를 끌어다 앉으며 말했다.

-오늘도 혼자신가보우?

-그러네요… 혼자면 안 되나요?

-천만에! 그런 뜻이 아니라, 여자 혼자 손님은 어쩐지 신경이 쓰여서….

–어딘가 처량해 보이는 모양이죠?

–처량하다니! 멋있지, 멋있어! 난 여자들에게 항상 감사하며 사는 중생이라우….

주인아저씨는 저쪽에서 부지런히 일하고 있는 안주인을 그윽하게 바라보며 말했다. 정이 듬뿍 배인 목소리였다. 그렇게 사람냄새 짙게 나는 목소리를 들어본 지 오래되었다는 생각이 들자 조금은 서글펴졌다.

–세상을 이만큼 살아보면 말이지… 이 세상엔 감사하지 않을 거라곤 하나도 없다는 걸 알게 된다우. 난 정말로 이렇게 살아있음에 감사해요.

나는 주인아저씨의 얼굴을 찬찬히 바라보았다. 오랜 세월의 흔적이 이끼처럼 끼어있었다.

–그럴까요? 살아있음에 감사한다?

나는 원망으로 얼룩진 나의 엉성하고 초라한 삶을 떠올리며 송구한 마음으로 반문했다.

–암, 감사하다마다! 성한 데 없는 보잘것없는 육신이지만… 아직도 내가 이렇게 살아있는 게 한없이 감사하고 때론 기적처럼 느껴지곤 하지… 눈물이 날 지경이야.

주인아저씨는 잔에 막걸리를 가득 채워 단숨에 시원하게 들이켰다. 그는 늘 몸이 불편하다고 했다. 어딘지 불편

함을 느끼게 하는 느릿느릿한 몸놀림도 그랬고, 파편을 맞았는지 한쪽 눈은 늘 찡그린 채였다.

–참! 언젠가 손님이 그랬던 것 같은데? 아는 분이 월남에서 전사했다고….

주인아저씨가 불쑥 물었다.

–네! 그래요. 아주 오래전 일이지요. 먼 친척 아저씨뻘 되는 분이었는데, 육사 출신의 장교였어요.

나는 푹 한숨을 내쉬었다.

–실은… 나도 월남전 참전용사였다우. 맹호부대 소속이었지!

주인아저씨는 어색하게 거수경례를 하며 "충성!"이라고 외쳤다. 힘차기는 하지만 어딘가 슬픔이 배어있는 축축하고 쓸쓸한 목소리였다. 나는 갑작스런 그의 말에 뭐라고 할 말을 찾지 못한 채 멍하니 그의 얼굴만 바라보았다. 내 테이블 주변에 있던 이들도 주인아저씨의 얼굴을 바라보았다. 그러나 그들은 대부분 월남전을 모르는 세대였다. 전쟁을 모르는 세대….

–전쟁이란 참혹한 거예요. 무자비하지! 그런 전쟁에서 죽지 않고 살아남아 이 나이 되도록 살아있는 게 꿈같이 느껴지는 거라우.

그 말을 듣고 보니, 어떤 손님에게서 주인아저씨가 앓고 있다는 고엽제 후유증에 대해 들었던 기억이 떠올랐다.

–사실, 너무 괴로워 죽으려고 했던 적이 한두 번이 아니었지….

주인아저씨는 막걸리를 한 잔 더 마시고, 이야기를 시작했다.

–한국은 너무나 가난할 때였고 어차피 군대를 가야 했던 나는 친구들과 함께 월남전에 자원을 했던 거요. 철없었던 그 시절 우리는 전쟁이 원래 적을 죽이는 살벌한 벌판인 것, 내가 죽지 않으려면 적을 죽여야 하는 이치에 대해 너무 무지했어.

주인아저씨가 기인 한숨을 내쉬었다.

–우린 월남전에서 너무 많은 사람을 죽였어. 그런데 그거 아슈? 그 악몽이 아무리 시간이 오래 흘러도 점점 더 선명하게 떠오른다는 걸… 그 가엾은 이들이 잊혀지질 않아 전쟁이 끝나고도 늘 악몽에 시달려야 했지. 전쟁이란 정말 참혹한 거요. 돈 좀 벌어보겠다고 나와 함께 월남으로 갔던 친구들이 거의 목숨을 잃었고, 겨우 살아 돌아온 친구들도 모두 몸이… 아니, 마음까지 망가져 사람구실을

제대로 못하다가, 결국 스스로 목숨을 끊어버린 친구도 많았어. 집으로 돌아오지 못하고 전사하고만 친구들을 한 순간도 잊은 적이 없어! 잊을 수가 없지. 아, 전사한 친구의 어머니를 만나야 했을 땐 정말 지옥문 앞에라도 선 것 같았지.

주인아저씨의 말은 계속 이어졌다.

-고엽제라고 들어보셨나? 월남전에 관한 소설도 워낙 많고 영화도 많으니 잘 아시겠지. 미군들이 우거진 정글과 무성한 풀을 제거하기 위해 공중에서 뿌려댄 고엽제 때문에 군인들의 피부가 조금씩 썩어들기 시작한 거야. 고엽제, 하지만 실은 몸만 썩어들어 아픈 게 아니었지. 전쟁후유증이란 게… 그렇게 지독하더군. 참! 인간이 할 수 있는 일이 아니었어. 전쟁이 끝나 집으로 돌아오고도 내 몸과 마음은 점점 더 만신창이가 되어갔어요. 전쟁만 생각하면 얼마나 마음이 찢어지던지… 수습이 되지 않더라고… 도대체 우리가 전쟁으로 얻은 게 뭐란 말이요? 그래 그 알량한 돈 몇 푼이 귀한 생명과 바꿀 가치나 있단 말인가? 정직하게 말해 가난한 나라의 젊은이들이 단지 달러를 벌기 위해 돈을 받고 싸움을 하러 갔으니… 전 세계의 수치였던 셈이지.

듣고 있던 손님 중의 한 젊은이가 항의하듯 말했다.

-그래도 애국을 한 거 아닙니까?

-애국? 애국이라니? 아니, 월남사람들 죽이는 게 우리나라랑 무슨 관계가 있다는 말인가?

-그 덕에 우리나라가 경제적으로 비약적인 발전을 하는 발판이 마련되었다고 배웠는데요. 그러니 애국 아닌가요?

-그러니까, 용병이었던 셈이지, 용병! 월남전에서 얼마나 많은 사람들이 희생되었는지 아시는가? 인터넷 검색해보면 금방 알겠지만….

주인아저씨는 주머니에서 작은 수첩을 꺼내더니 읽기 시작했다.

-1964년부터 시작되어 4번에 걸친 파병으로, 대한민국군 32만 명이 파병되었고, 그 중 사망자가 5,099명, 부상자가 11,232명. 생존 귀국한 31만 명 중 159,132명이 고엽제 피해자로 간주되며, 화공약품 후유증으로 귀국 후 병사자가 다수 발생하였다. 이것이 백과사전의 내용이네. 내가 이렇게 적어 가지고 다녀요.

말을 마친 주인아저씨는 흥분을 가라앉히려는 듯 냉수를 벌컥벌컥 들이켰다. 그리고 차분하게 말을 이어갔다.

-난 오랫동안 방황했어. 겨우 전쟁이라는 폭력과 살상

의 현장을 벗어났지만 이놈의 세상 역시 또 하나의 치열한 전쟁터인건 마찬가지였지. 전쟁에서 내가 죽였던 적들, 그 불쌍한 영혼들이 늘 나를 원망하며 따라다니더군. 그 가엾은 영혼들을 생각할 때마다 얼마나 눈물이 쏟아지던지… 아무리 악몽에서 벗어나려고 해보아야 소용이 없었어. 나는 한동안 몸을 가눌 수 없어 비틀거리며 한참을 방황해야 했지. 죽을 만큼 술도 마셔보고 상담사를 찾아다녀도 보았지만 그들을 잊을 수 있는 방법은 없었어. 모든 노력이 헛수고로 끝나고 만 거야. 그러던 어느 날 주위를 둘러보곤 소스라치게 놀랐지. 내가 몸과 마음의 깊은 병으로 방황하는 동안… 부모님이 저 세상으로 가신 거야! 나이 많이 드신 데다 지병까지 앓던 부모님은 버팀목이던 아들이 형편없이 망가져서 돌아오자 큰 충격을 받으신 거지. 그리고 끝내… 피눈물이 솟구치더군. 그리곤 생각했지, 이런 망할 놈의 세상 더 살아서 뭐 하겠나!

주인아저씨는 잠시 생각에 잠기다 말을 이었다.

-그런 나를 구원해준 게 우리 집사람이야. 생명의 은인이지. 이제 그만 살아야겠다고 생각하고 있는 내 앞에 배낭 하나를 던져주더군. 아내는 나와 함께 싸우다 전사한 전우의 여동생이었어. 어릴 적부터 알고 지낸 소꿉동무이

기도 하구. 그때 그 사람의 표정이나 말투를 지금도 생생하게 기억해요. 아주 생생하게! '우리 오빠 몫까지 악착같이 살아주세요. 그게 죄값 하는 거예요.' 도저히 거역할 수가 없더군. 배낭을 메고 따라나섰지. 둘이서 지리산으로 해서 백두대간을 정처 없이 다녔어. 나무냄새, 풀 소리에 죽었던 영혼들이 살아나는 것 같더군. 내친 김에 무리를 해서 스페인 산티아고 순례길도 함께 걸었지. 오래전에 읽었던 시 구절이 떠오르더군.

'아, 바람이 분다, 살아야겠다.'

주인아저씨는 밝은 표정이 되었다.

-아내와 베트남 참전위령탑을 찾아가 참배하기로 했네. 아무리 전쟁터였다지만, 내가 죽지 않으려면 적을 죽일 수밖에 없었다지만… 우리에게 죽음을 당한 영혼들에게 죽을 때까지 잘못을 속죄하고 또 속죄하며 살아야겠지. 그러기로 결심했어요.

주인아저씨의 이야기를 심각한 얼굴로 듣고 있던 옆 테이블의 손님이 머뭇거리며 물었다.

-그런데 베트남의 학살 현장은 아직도 흉흉하다던데요. 베트남 주민들이 민간인 학살에 가담한 한국군과 미국군에게 아직까지도 깊은 원망을 품고 있다지요?

—물론, 그거야 당연히 적대적일 수밖에 없겠지. 우리도 일본을 그렇게 대하지 않나요? 물론 성격은 많이 다르지만…. 우리 한국전쟁에서도 그런 학살들이 일어나지 않았나요? 어떻게 그 골수에 박힌 한이, 원망과 슬픔이 잊혀질 수 있겠나? 그래요! 그 사람들의 입장을 백번 이해해. 나라도 그렇게 했을 거야! 이제부턴 적군이건 아군이건 힘자라는 데까지 찾아가서, 가엾은 영혼들을 위로해줄 작정이야. 그리고 그 죽은 영혼들이 다음 생에는 부디 전쟁 없는 세상에 태어나기를 빌고 또 빌어야지.

주인아저씨는 잔을 높이 쳐든 채 잠시 침묵하다 단숨에 들이켰다. 그리곤 읊조리듯 노래했다.

생에 감사해
내게 많은 걸 주어서
웃음과 눈물을 주어서
그 웃음과 눈물로
내 노래가 만들어졌지.

창밖에선 점점 더 빗발이 굵어지고 있었다. 온 세상이 축축하게 젖어들고 있었다.

Future
It's a conce
계운포에 이르렀을 때, 이상
YOU
처용(處容)은

이미 지나가버린 그 시절 난 꿈을 꾸었지
삶이 희망으로 가득했을 때
사랑이 영원할 거라 꿈꾸며

당신의 꿈이 뭐죠

당신의 꿈이 뭐죠

"당신의 꿈이 뭐죠?"

무대에 오른 수잔 보일에게 심사위원이 질문을 던졌다. 나는 정신이 번쩍 들었다.

'아! 꿈?'

나는 가슴이 설레기 시작했다. 한 인간에게 꿈이란 도대체 뭐길래 이토록 가슴을 설레게 만드는지.

그날은 '브리티쉬 갓 탤렌트' 프로 중 〈수잔 보일〉편이 나오고 있는 중이었다. 주인아저씨와 나도 그렇지만 다른 손님들도 그런 류의 프로를 선호하는 분위기여서 아무 공연이 없을 때는 가끔 뉴스 다음으로 화면 위에 오르는 프로였다.

나는 그날 밤늦게까지 처제집에서 시간을 보내고 있었

다. 사실 혼자 살다보면 작업을 하는 이외의 집안일들은 자주 미루어두게 마련이었다. 식사 시간 역시 거의 생략하고 대신 종일 커피만 마시다 보니 자연히 처제집을 찾는 횟수도 늘게 되었다.

처제집은 음식의 종류도 꽤 있었고 가격도 거의 실비수준이었다. 거기에 나와 비슷한 처지의 다른 손님들과도 자주 만나 이야기를 나눌 수도 있었고 무엇보다 처제집 주인아저씨나 아주머니는 우리를 편하게 대해주시는 분들이었다. 특히 비오는 날 처제집 막걸리와 빈대떡은 일품이었으니 그런 날은 더 많은 고객들이 모여들기 마련이었다.

자연스레 단골손님들과 만나 식사를 하고 막걸리를 마시던 중이었다. 한 순간 처제집이 음소거라도 된 듯 조용해졌다. 나는 조용해진 처제집을 둘러보았다. 술집에 온 손님들 거의 모두가 무대 쪽을 보고 있었다. 무대 뒤에 장착된 대형 화면에는 한 가수가 나와 노래를 하는 중이었다.

"저 가수는 그 유명한 영국의 수잔 보일 아니에요?"

"뭐라구요? 수잔 보일이라고요?"

나와 함께 막걸리를 마시던 여인이 속삭였다.

"수잔 보일 아시지요? 정말 엄청나게 노래를 잘 부르는 가수예요."

"물론 알지요."

나는 그녀에게 고개를 끄덕여 보이며 대형화면에 집중했다. 뉴스를 통해 수잔 보일의 노래를 잠깐 듣긴 했지만 텔레비전 방송에 나온 그녀가 노래하는 광경을 보기는 처음이었다.

"수잔 보일은 〈브리티쉬 갓 탤런트〉 쇼에 오른 이후 자신의 꿈을 단번에 현실로 만든 여인이었지요. 그야말로 꿈 같은 기적을 만든 여인이었어요."

무명배우가 나에게 속삭였다. 그녀는 수잔 보일의 일이 마치 자신의 일인 양 한껏 밝은 표정이었다. 주변의 테이블에서 식사를 하던 이들도 수잔 보일의 노래에 감탄한 듯 정신없이 모두 화면을 바라보고 있었다.

"세상에!"

사람들은 노래를 부르는 수잔 보일에게 매료되었다. 눈물을 닦는 이도 보였다.

"정말 대단하군요."

나도 그녀의 노래에 매료됐다. 그녀의 노래는 저절로 눈물이 나올 만큼 뛰어나게 아름답고 감동적이었다.

그녀가 등장하는 방송이 생중계된 전 세계가 들끓고 있을 거란 예감이 들었다. 그러고 보니 그녀의 기적은 그녀만의 기적이 아니었다. 그녀를 바라보는 브리티쉬 갓 탈렌트란 프로그램의 현장 속의 청중들과 처제집에 앉아있는 고객들과 나의 기적이기도 했다.

현장의 청중들이 수잔 보일을 향해 저마다 양손을 들며 환호했다. 사람들의 환호소리가 즐겁게 실내를 채웠다.

*

수잔 보일이 맨 처음 무대에 올랐을 때만 해도 그녀에게 기대를 갖는 이들은 아무도 없었다. 그녀는 정말 그런 세계적인 무대 위에 오르기엔 어이없을 정도로 뚱뚱한 체형의 소유자였을 뿐만 아니라 침대에서 방금 빠져나온 것 같은 모양새였다. 소위 한 인간의 문화코드라는 패션과도 거리가 멀었다.

일찍이 세기의 멋쟁이 코코 샤넬이 무어라고 했던가? '당신의 머리와 구두가 잘 준비되어있다면 당신은 이미 외출준비를 마친 거라고…' 즉, 어떤 옷차림이라도 머리와 구두가 잘 준비되지 않았다면 당신은 패션의 낙제생이란 뜻이었다. 그런데… 샤넬은 과연 저 수잔 보일이 무대 위에 오른 모습을 보고 어떤 생각을 했을지 의문이었다. 아마도 샤넬은 설레설레 고개를 저으며 심사위원들 중에서도 진두지휘를 맡고 있는 수장 사이몬 코웰에게 '패션 크리미널'인 그녀를 무대에서 당장 끌어내리라고 외쳤을지 모를 일이다.

그날 후줄근한 차림으로 무대 위에 등장한 수잔 보일은 그녀의 꿈을 묻는 심사위원들 앞에서 아무 망설임 없이 대답했다.

"음, 제 꿈은요… 엘렌 페이지 같은 싱어가 되는 거죠. 엘렌 페이지는 저의 우상이거든요?"

'아니! 뭐라구? 엘렌 페이지?'

'하우 데어? 감히!'

엘렌 페이지가 누구인가? 지금도 영국에서 잘 나가고 있는 매력적인 국민가수가 아닌가? 엘렌 페이지와 같은 성역을 넘보다니… 그 유명한 오페라 가수처럼 되고 싶다니… 나 역시 내 귀를 의심했다. 물론, 그때까지만 해도 사람들은 그녀가 자신의 이름과 거주지를 밝혔어도, 그녀가 자신의 대단히 원대한 꿈을 이야기했어도, 아니, 심사위원들에게 어떤 대답을 했어도, 시종일관 심드렁한 얼굴로 모든 기대를 내려놓은 채 그녀를 바라볼 뿐이었다. 오히려 국가적인, 아니, 세계적으로 성공한 영국의 최상급 국민가수의 이름을 들먹이는 그녀를 한심해하며 가소롭다는 듯 비웃기까지 했었다. 나도 마찬가지였다.

"그럼, 오늘은 무슨 노래를 부르실 예정이죠?"

심사위원이 물었다.

"전 오늘, 'I dreamed a dream'을 부를 거예요."

그녀의 선정 곡은 만만찮은 곡이었다. 하필이면 뮤지컬 '레미제라블'에 나오는 그 묵직한 주제가였다. 감히, 그 너무나도 잘 알려진 레미제라블을 그 유명한 곡을 부르겠다니….

~이미 지나가버린 그 시절
난 꿈을 꾸었어~

*

그녀가 부르는 레미제라블의 주제곡은 어느새 나를 내 꿈의 언저리로 데려다 놓았다.

〈내 꿈의 청사진〉

나에게도 꿈이 있었다.
화가가 되는 꿈
엉뚱하게도 난…
프랑스 파리에 가고 싶었다.
까뮤의 이방인과
랭보의 시가 있고
보들레르의 악의 장미가 피고
미라보다리와 에펠탑과
노트르담 성당과 노트르담 꼽추의
견고한 사랑의 피가 마르지 않는
피카소와 로트레크
로댕과 까미유 끌로델
모딜리아니가 살던 도시,
그러나 내 꿈의 청사진은
선명하지 않았고
엉킨 실타래처럼 풀리지 않는
매듭이었다.
늘 미지의 장소를

그리워했던

프랑스를 선망했건만 계획했던 파리행은 계획보다 한없이 길어졌고 집에서 마음대로 벗어날 수조차 없었다. 그래도 난 끊임없이 파리라는 미지의 장소를 그리워했다. 꿈의 날개를 접은 채 살고 있는 내게 한 친구가 물어왔다.

"파리를 가고 싶어 했다니 이제는 프랑스 여행도 해보아야지?"

파리에서 자신이 전성기인 유학시절을 보냈던 친구는 프랑스를 자신의 제2의 고향이라며 자주 방문했을 때였다.

"어떻게 파리를 가게 되었지?"

"음, 그건 정말 우연이었어. 금서가 많았던 시절이어서 답답했고… 어디로든 떠나야 숨을 쉴 수 있을 것 같았어. 파리는 그때 아주 자유로운 예술의 도시니 네가 가야 했는데…."

친구와 함께 파리행 비행기에 올랐다. 파리의 루브르 박물관과 기차역을 개조한 오르세 뮤지엄과 태양의 신이란 루이 14세의 베르사이유 궁전도 방문했다.

가장 인상적이었던 건 프랑스의 지성 빅토르 위고의 무

덤을 방문했을 때였다. 빅토르 위고의 무덤은 놀랍게도 모든 지성인들이 모여 잠들어 있다는 고색창연한 팡테옹 건물 안에 고이 모셔져 있었다. 빅토르 위고는 프랑스에서도 가장 존경받는 문호였다고 했다. 나도 장발장이 쫓길 때마다 함께 쫓기며 계속되는 그의 불운에 안타까워했었다. 장발장이란 캐릭터도 대단했지만 그를 따라다니다 결국 자살로 생을 마감했던 자베르 형사란 캐릭터도 몹시 인상적이었다. 그러나 한때 내가 그토록 선망했고 그곳에 가서 살고 싶어 했었던 프랑스는 빅토르 위고의 생전에는 낭만의 도시가 아니었고 오히려 굶주림의 지옥이었다는 것이다.

'레미제라블'은 가난을 주제로 한 소설이었다. 과연 빅토르 위고는 어느 시대에나 의지할 곳도 안내자도 피신처도 없는 그런 비참한 사람들은 꼭 있어왔다고 믿었기에 '레미제라블'을 통해 가난 앞에 품위가 떨어지거나 비천해지지 않을 강인한 영혼을 지닌 새로운 인물인 장발장을 그려냈다는 것이다. 단테가 그의 시에서 지옥을 그려냈다면, 빅토르 위고는 현실을 가지고 지옥을 만들어내려 했다는 것이다.

〈레미제라블〉이란 제목 자체가 '비참한 사람들'이란 뜻이고 대부분의 사람들은 다이제스트를 읽는 것으로 그치지만 원작은 대단한 분량의 대하소설이다.

*

수잔 보일이 왜? 레미제라블의 주제곡을 도전 곡으로 선택했는지 그 심정을 알 것만 같았다.

수잔 보일은 무대에라도 올라 성공을 꿈꾸었어야 할 만큼 절박했던 것이다. 스스로의 생애에서 가장 비참한 시기를 보내고 있던 수잔 보일. 노드 아일랜드의 한 작은 마을 출신인 수잔 보일, 가난한 집에서 어릴 때부터 병을 앓고 있었던 수잔 보일, 아무 희망도 없이 이미 47세의 문턱을 넘어버린 노처녀 수잔 보일, 게다가 그녀의 집은 몹시 가난했다. 그녀는 어린 시절부터 야스퍼스란 일종의 자폐증을 앓고 있었다고 했다. 야스퍼스란 자폐증은 다른 사람과 상호관계가 형성되지 않고 정서적 유대감도 일어나지 않는 아동기증후군으로 자기 세계에만 갇혀 지내는 일종의 발달장애라고 했다.

누구나 자신만을 위해 살 수만 있다면… 꿈을 향해 직

진하는 일이 가능할는지도 모른다. 그러나 꿈과 현실의 괴리라는 지옥 같은 통로에 갇혀 있던 수잔 보일처럼 나의 꿈 역시 한낱, 허공을 나르던 나비처럼 멀리 사라지고 말았다. 나는 한숨을 푹 내쉬었다.

'아! 그녀처럼 노래라도 부를 수 있었다면… 무대 위에라도 한 번 올라 가 볼 수 있었을 텐데….'

내가 나만의 내밀하고 비장한 꿈의 역사에 대해 이런저런 생각에 잠겨있는 동안 수잔 보일의 노래가 무대 위로 울려 퍼지고 있었다.

수잔 보일의 노래는 첫음절에서부터 청중들의 마음을 사로잡았다. 청중들이 앉은 자리에서 일어선 채 환호했다. 청중들의 환호소리는 수잔 보일의 잔잔한 노래와 범벅이 되었다. 그래도 수잔 보일은 침착하고 당당하게 자신의 노래를 부르고 있었다. 그러고 보니 그녀의 노래는 청중들의 소음과는 철저하게 차별화된 한없이 고귀하고 청량한 소리였다. 그녀의 잔잔한 노래소리가 점점 더 감미롭게 끝까지 장내를 휘감고 있었다.

이미 지나가버린 그 시절
난 꿈을 꾸었지

삶이 희망으로 가득했을 때
사랑이 영원할 거라 꿈꾸며

그녀의 음성은 천상의 소리였다. 신은 분명 그녀의 편이었다. 아니, 그녀는 원래 사랑스런 천사였음이 분명했다. 알고리즘은 재빨리 수잔 보일의 다음 공연으로 이어졌다. 나는 내 눈을 의심했다. 그녀는 벌써 자신의 우상이며 가장 존경하는 오페라 싱어라는 '엘런 페이지'와 함께 노래를 부르고 있었다.

자신의 평생의 우상과 함께 무대에 오르는 기분은 과연, 어떤 기분일까? 엉뚱하게도 나는 벌써부터 그녀의 찬란한 성공의 미래를 예감하며 마음이 들뜨기 시작했다.

수잔 보일은 이제 그녀의 모든 드림을 이루었다. 자신의 우상인 엘런 페이지처럼 되었을 뿐만 아니라 그녀와 함께 무대 위에 서 있었던 것이다. 게다가 수잔 보일은 이미 더 이상 '브리티쉬 갓 탈렌트' 쇼 무대에서 드러냈던 불행하고 자신감 없는 촌부, 아니, 자신의 혼돈을 날것 그대로 드러내던 그런 혼란스런 그녀가 아니었다. 자신감이 결여된 채 청중들 앞에서 실실 웃던 촌스런 그녀가 어느새 우아한 한 마리의 백조로 고고하게 무대 위를 헤엄쳐 가고 있었다. 끝까지 꿈을 포기하지 않았던 미운 오리새끼의 기막힌 변신을 보여주고 있었다.

이제 노래하는 수잔 보일은 자신의 우상인 엘렌 페이지보다 더 많이 청중의 시선을 끌만큼 완벽한 싱어로 태어났다. 그뿐만이 아니었다. 그녀는 성악적으로도 엘렌 페이지에게 조금도 뒤떨어지지 않았다.

"어떻게 수잔 보일은 그렇게 우아한 탈바꿈을 할 수 있었을까요? 놀랍지 않아요?"

시종일관 긴 한숨을 내쉬며 처제집 옆 테이블에서 수잔 보일의 노래를 듣던 연극배우가 물었다. 나는 그때서야 현실로 돌아와 내 주변을 돌아보았다.

"저 영국의 수잔 보일의 변화야말로 믿을 수 없는 기적이죠."

일간지 기자가 고개를 끄덕이며 감탄했다. 그러고 보면 꿈을 이루는 사람을 바라보는 일은 무엇보다 큰 즐거움이었다.

"수잔 보일의 경우를 보니 한 인간의 내면적인 변화가 외향적으로도 그토록 큰 변화를 가져올 수 있다는 걸 알게 되었어요. 정말 신기하리만큼 말이지요."

일간지 기자가 연극배우의 말에 고개를 끄덕였다.

화면은 성공을 이룬 수잔 보일의 일상을 보여주었다. 놀라웠다. 수잔 보일의 대화하는 모습도 무대 매너도 노래하는 모습도 음성도 모두가 다 더없이 완벽했다. 이제 그녀는 매력적이고 우아하고 사랑스러운 한 프리마돈나로 태어난 행복한 자신의 일상을 보여주고 있었다.

나도 끝까지 그림을 그려야겠다고 생각했다.

견딜 수 없는 시간의 동굴

나에게서 해가 지지 않게 해주세요 지친 내 앞에서 시간도 멈춰버렸어요

견딜 수 없는 시간의 동굴

~나에게서 해가 지지 않게 해주세요

그날은 몹시 비가 오던 날이었다. 나는 오후부터 모든 일을 제쳐놓고 '처제집'을 찾아와 시간을 보냈다. 비는 종일 그치지 않고 내렸고 집요하게 내리는 비 때문에 어디선가 홍수와 산사태가 났다는 소식이 연달아 들려왔다. 누군가 진흙 속에 묻힌 자동차 앞에서 발을 동동 구르는 뉴스가 화면에 오르기도 했고 오전에 보았던 뉴스의 화면에서는 물 위로 둥둥 떠내려가는 자동차도 보였다.

~지친 내 앞에서 시간도 멈춰버렸어요

그날은 한 남자가수가 처제집 무대에서 계속 열창을 하

는 중이었다. 나는 그 가수의 노래에 집중했다. 다른 고객들도 막걸리를 마시며 넋을 잃은 듯 가수의 노래를 듣고 있었다.

사실, 유명가수건 무명가수건 모든 처제집 공연은 자발적이었고, 그동안 수많은 가수들이 처제집 무대를 거쳐 갔다. 연습 삼아 무대 위를 오르는 예비가수가 있는가 하면, 막걸리 몇 잔에 홍취가 돋은 손님이 마이크를 잡을 때도 있었다. 그러나 아무나 무대 위에 올라 노래를 할 수 있는 건 결코 아니었다.

"우리 처제집 단골손님들은 모두 대단한 안목을 갖추고 계신 분들 뿐이어서…."

주인아저씨의 철저한 검증을 통과해야만 했다.

사실, 처제집 손님들은 이미 많은 가수들의 노래를 들어왔던 터여서 좋은 가수를 알아보는 선별력이 있었다. 그런 손님들이 오늘은 평소와는 달리 식사를 하거나 심지어 다른 손님들과 이야기를 나누는 소리조차 들려오지 않았다. 손님들은 아까부터 무대 위에 올라 노래하는 남자 가수에게만 집중하고 있었다. 평소에도 음악을 좋아해서 특히 가수들이 무대 위를 오를 때마다 특별한 관심을 보여 왔던 주인아저씨도 마찬가지였다. 그는 모든 일들을 제쳐놓고 나무기둥에 기대선 채 가수만 바라보는 중이었다.

그 가수의 노래는 아주 독특했다. 여태까지 그런 노래를 들은 적이 없었을 만큼 그의 노래는 그 음색부터 뛰어났다. 아니, 그의 노래를 들으면 누구나 단번에 빠져들 만큼 중독성마저 있었다. 도대체 어느 누구의 풍이라고 표현해야 할지 알 수 없는 그런 독특한 저음의 소유자였다. 가수의 음성은 또 몹시 쉬어 있었지만 그런대로 놀라울 만큼 성량이 풍부한 편이었다. 그 남자가수가 부르는 대부분의 노래의 원곡은 나로서는 추측해볼 수조차 없을 정도로 낯선 곡들이었지만 그는 모든 곡들을 온전히 자신의 것으로 소화시켰다. 대단히 개성이 강한 가수였다.

그뿐이 아니었다. 사람들은 그 가수의 독특한 외모와 무언지 모를 분위기로 인해 넋을 모두 빼앗긴 것만 같았다. 가수의 노래는 이상하리만큼 청중들을 이리저리 끌고 다녔다. 깊고 음산한 심연으로 끌고 가기도 했고, 그러다 한없이 밝은 햇살이 쏟아지는 벌판으로 데려다 놓기도 했다. 그의 노래를 듣고 있으면 마치 빗속을 헤매다니는 것 같은 기분이 들기도 했고, 폭풍전야와 같은 긴장감 때문에 스스로도 모르게 두 주먹을 꼭 쥘 때도 있었다. 그러다 그의 노래는 엄청난 물을 한꺼번에 쏟아내는 거대한 구름층이나 폭포의 모드로 바뀌었다. 나는 시종일관 물에 푹 잠긴 듯 축축한 흐느낌 속을 헤엄쳐 다니는 것 같은 무거운 기분이었다.

당신의 어둠을
더 이상 밝힐 수 없군요
지친 내 앞에서
시간도 멈춰버렸어요.

추락하는 나 자신을 구하기엔
너무 늦어버렸어요

"저 가사는 마치 그 신화에 등장하는 비극의 주인공 시지프스의 절규 같지 않아요? 왠지 그런 고통과 아픔이 저에게까지 전달되는군요. 그 어떤 혹독한 비극을 연상시키는 가사가 아닌가요?"

누군가가 조심스럽게 속삭였다.

"그래요. 난 이전에도 저 노래를 들었던 것 같지만… 뭐랄까? 저 가수의 목소리에는 분명 여태까지 들어보지도 못했던 정말 생소한 울림이 들어 있군요. 아무도 흉내 낼 수 없는 저 가수만의 독특한 울림이라고 해야 할까요?"

"세상에! 아무튼 어떻게 이렇게 슬픈 노래가 있지요? 정말 저까지 울고 싶어지는군요."

"그래요! 무슨 막다른 길에 들어선 것처럼 절망적인 느낌이 들어요. 내 마음이 물에 푹 젖은 솜처럼 점점 더 무거워지고 있네요."

"저 역시 이런 적은 없었어요. 전 처음부터 왠지 명치끝부터 아파오는 것 같아서… 노래를 그만하라고 소리를 칠 뻔했다니까요."

여기저기에서 사람들의 탄식 섞인 속삭임이 들려왔다. 나도 마찬가지였다. 남자는 아무도 자신을 구제해주지 못하는 현실 속에서 나락으로만 추락을 거듭하고 있는 한 가엾은 존재의 실체를 절절히 보여주고 있었다. 속수무책으로 추락을 하는 모습은 남자 자신의 모습이었고, 그 모습을 바라보아야만 하는 무기력한 한 남자 또한 그 자신의 모습이었다. 겹쳐진 참담한 불행의 실체.

"끝을 알 수 없는 나락으로 추락하는 자신을 그저 속수무책으로 바라보아야만 했다니… 정말 저에게까지 그 안타까운 파장이 느껴지는군요. 저 남자에게는 분명 어떤 깊은 사연이 있을 거예요."

"근데··· 도대체 무슨 사연일까요?"

"저 소리는 노래가 아니라 오히려 흐느낌에 가깝지 않아요?"

"네! 맞아요! 한없이 슬프긴 하지만 그래도 분명 아름다운 노래에요!"

누군가가 한숨을 쉬듯 말했다.

"그래요! 저 노래는 분명 인간의 영혼을 통째로 뒤흔드는 뭔가가 있어요. 노래 실력도 대단하지만 노래에 실려 있는 메시지도 저 노래를 더욱 돋보이게 하는군요."

연극배우 앞에 앉아있던 작가지망생이 감동한 듯 나에게 속삭였다. 이윽고 노래의 마지막 구절이 클라이맥스로 이어졌다.

내 생애의 해가 지지 않게 해주세요~
내 생애의 해가 지지 않게 해주세요~
내게서 해가 지지 않게 해주세요 ~

가수의 노래는 그야말로 사람들의 혼을 뿌리째 뒤흔들어 놓았다. 시간마저 그 중력을 잃고 흐느끼는 것 같았다.

노래가 절규처럼 흐느낌처럼 흐를 땐 나의 심장도 멎을 것만 같았다.

가수가 자신의 사연을 털어놓기 시작했다. 그가 쏟아놓는 말들이 그의 노래처럼 메아리가 되어 주위를 얼얼하게 맴돌았다. 그의 사연은 그가 방금 부른 노래가사처럼 충격적인 사연을 담고 있었다. 사람들은 모두 얼어붙은 듯 가수를 정신없이 바라보았다.

*

"어느 날 난… 느닷없이 살인죄의 용의자로 몰리게 되었어요. 아직 철도 없었고 세상을 전혀 모르던 20대 때였지요. 저는 단지, 있으면 안 되는 그런 장소에 있었던 것뿐이었는데… 믿을 수 없었어요. 저는, 죄를 지은 적도 없었던 저는 그만… 아무도 상상할 수 없는 그런 최악의 유치장에 갇히게 되었던 거지요."

가수가 말했다.

"무려 40년 동안을… 말이지요."

"…."

맨 처음 가수의 고백을 들었을 때 사람들은 모두 깜짝

놀랐다. 장내는 순간 물을 끼얹은 것처럼 숨소리 하나 들려오지 않았다.

"말도 안 돼!"

"뭐라고요? 저 선량해 보이는 멋진 가수가 유치장 속에 갇혀 있었다고요?"

"무려 40년 동안이라지 않아요?"

누군가 신음하듯 말했다. 어떻게 세상은 그의 진실을 왜곡한 채 그를 40년 동안이나 감옥 속에 내팽개쳐둘 수 있었을까? 이해가 가지 않았다. 그러나 세상은 비정하게도 그의 뒤에서 문을 닫아버리고 말았다.

"40년이란 세월을, 아니, 저의 반평생을 저는 그야말로 빛에 눈이 먼 채 유치장 안에 갇혀 있었지요."

가수가 다시 말했다. 사람들은 가수의 이야기에 모두 신음했다. 40년이라니 저 가수가 그의 소중한 반평생을 유치장 속에서 지내야만 했다니….

가수의 말이 이어졌다.

"고맙게도 DNA검사가 나를 유치장에서 풀어주었지요."

가수의 노래는 계속 처제집 안을 흐르고 있었고, 나는 그의 이야기를 기억하며 슬픈 노래를 들었다.

세상은
나를 오해했고
나는 그렇게 남겨졌죠.

시간은 내 앞에서
멈춰버렸어요.

믿을 수 없었다. 그 가수의 시간은 멈춰버렸고 그렇게 40년이 흘러갔다.

"저는 오직 음악에만 의존하며 살아와야 했지요. 오직 음악의 힘으로 인해 다시 열정을 갖게 되었어요. 음악이 저를 살린 셈이죠. 그렇지만 사실은 제 스스로도 또다시 이렇게 일어설 수 있는 날이 오리라고는 기대도 하지 못 했었지요."

가수의 노래가 계속해서 나의 마음속에서 메아리치며 흘러다녔다.

"40년이란 세월을."

"40년을…."

나는 남자의 심정을 너무나 잘 이해할 수 있었다. 나는 40년이라는 기다림의 시간이 어떤 건지를 상상할 수 있었다. 분노가 치솟았다.

*

너무나 잔인하고 부조리의 극치라 할 기막힌 남자의 사연에 모두들 말을 잃었다. 범죄와는 전혀 거리가 먼 그가 악질적인 죄목을 가진 최악의 죄수들만 들어가는 그런 살벌한 형무소의 독방에 갇혀 있어야 했다니 더 더욱 믿어지지 않았다. 남자는 최악의 잔인한 형무소에서 그야말로 자신의 소중한 인생을 모두 허비해야만 했다.

"당신이 그 저지르지도 않았던 범죄의 용의자로 몰렸다니요!"

"정말 믿을 수 없군요! 세상에 어떻게 그런 최악의 경우가 있을까요?"

"세상에 그런 일이 일어나다니… 도무지 우리의 사법시스템은 무얼 하고 있었기에 그런 엄청난 일이 일어날 수 있다는 거죠?"

"정말 이해할 수도 없지만… 세상이 점점 더 무서워지는군요!"

무명배우와 그 옆에 있던 연극배우도 흐르는 눈물을 닦

아냈다.

"아무튼, 범인의 DNA 일치로 40년 후에라도 유치장에서 벗어날 수 있었으니 정말 다행한 일이지만 얼마나 황당했을까요? 제가 당한 일처럼 가슴이 답답하군요."

옆 테이블에 앉아있던 일간지 기자도 몹시 침울한 표정으로 말했다.

"저 역시 마찬가지였어요. 저도 당신의 이야기를 듣는 내내 그저 숨이 막힐 것 같더군요. 정말 당신의 이야기는 너무 제 마음을 아프게 하는군요."

처제집은 한순간 어두운 먹구름에 휩싸인 것 같았다. 남자의 이야기를 듣는 모든 고객들의 표정이 어두웠다.

*

"제가 유치장 안에서 보내야 했던 하루하루는 그야말로 뼈를 깍는 고통의 연속이었지요. 그곳은 생과 사를 넘나드는 줄넘기와 같은 시련이 계속되던 지옥 같은 곳이었으니까요."

가수는 그 유치장 안이 아주 강한 사람이거나 아주 약한 사람만이 살아남을 수 있는 곳이라고 말했다.

"저는 그런 최악의 유치장에 갇힌 채 단 하루를 벌기 위해 생존의 투쟁을 벌여야만 했지요."

가수와 함께 갇혀 있던 이들이 모두 최악의 흉악범인 만큼 수감생활은 말할 수 없이 힘들었고 견디기에도 벅찼지만, 그는 자신이 가장 참을 수 없었던 비참한 순간마다 노래를 부르기 시작했다고 했다.

"아니! 그런 최악의 환경에서 어떻게 노래를 부르는 일이 가능했지요?"

"그런데 그곳에는 마침 죄수들에게 음악 프로그램을 보여주는 시간이 있었거든요?"

"??"

남자는 그 음악 프로를 통해 처음으로 스테이지 위에 올라 노래를 부르는 가수들의 공연을 보게 되었는데 자신도 모르게 노래를 따라 부르기 시작했다는 것이다.

"저는 그 음악 프로를 보며 저의 최악의 시간을 견디어 내려고 애썼지요. 그렇게 아무도 모르게 저는 저만의 화분에 제 꿈의 나무를 심던 거죠. 놀랍게도 제가 심은 꿈의 씨앗에서는 싹이 텄고, 그런대로 나무는 자라기 시작했죠. 그리고 마침내 형무소를 나올 때 전 그 꿈의 화분도 함께 들고 나온 셈이었지요."

가수가 자랑스럽게 말했다.

"내 몸은 비록 형무소 안에 있었지만, 정말이지 수없이 무대 위에 오르는 제 자신의 모습을 상상하면서 저만의 꿈을 꾸어 왔지요!"

나는 그의 말을 들으며 놀랐다.

'그런 최악의 상황 속에서도 꿈을 꿀 수 있었다니… 정말 놀라운 일이 아닌가?'

그는 그야말로 영웅이었다. 꿈이란 꿈을 꾸는 이만이 이룰 수 있다는 사실을 그는 최악의 환경에서도 스스로 증명해냈다.

"그런 최악의 수감생활을 버텨냈다니… 정말 대단하군요. 그런데, 도대체 어떻게 그 긴 수감생활을 버텨낼 수 있었지요? 저로서는 도저히 이해가 안 되네요."

대학교수가 고개를 옆으로 내저었다. 주인아저씨도 눈물을 글썽이고 있었다.

그때였다. 주인아저씨 옆 테이블에 조용히 앉아있던 김아저씨가 자리에서 천천히 일어났다. 언젠가 주인아저씨에게 김아저씨와는 월남전 전우라고 소개를 받은 일이 있었다. 놀랍게도 평소에는 별로 말이 없던 그분이 자신의 이야기를 쏟아놓기 시작했고 사람들은 모두 숨을 죽이며 그의 이야기를 듣고 있었다.

"이봐요! 나도 세상을 살아가면서 산전수전 다 겪은 놈이라오!"

김아저씨가 말했다.

"무학의 농사꾼 자식으로 태어나 일찍부터 고학을 했지요. 그리고 월남전쟁에 갔을 땐… 그만 베트콩 놈들 총알을 맞고 죽다 살았던 적도 있었고, 서독에서 두더지 생활을 했을 땐 갱 안에 갇혀 숨을 헐떡이며 아주 죽을 고비도 여러 번이나 넘겼다오. 피 같은 돈을 안고 고향으로 돌아와서는 그만… 나쁜 놈들에게 모두 다 사기를 당하고 망신까지 당해 더 이상은 도저히 고향에서도 살 수가 없게 되었지요."

손님들 중엔 김아저씨의 이야기에 한숨을 내쉬는 이들도 있었다.

"어쩔 수 없이 가족들을 데리고 다시 파라과이로 이민을 가야만 했었지요. 그런데, 참! 기가 막히게도 난 말이오! 하루아침에 가족들과 불법 체류자로 갇히는 신세가 되었다오. 이민서류가 모두 엉터리였던 거죠. 거, 혹시 들어 보셨소? 전 세계에서도 최악이라는 파라과이의 감방을 말이오? 난 그 안에서도 몇 년이나 살아야 했던 적이 있었소. 감방을 나온 후엔 또 살기 위해 아르헨티나란 나라로 넘어갔었소. 그런데 그곳에서 겨우 일자리를 얻어 일을 하러 가던 중, 내참! 난데없이 길에서 강도를 만나… 내 다리에는 지금도 구리 총알이 박혀있단 말이오. 잘못 건드리면 터질 염려가 있다며 아무 의사도 내 다리에 손을 대지 않더라고요. 하는 수 없이 다시 고국으로 돌아와 제법 벌여 놓았던 사업이 망한 후엔 한동안 어쩔 수 없이… 중동 사막의 열기 속에서도 죽도록 일한 적이 있었지요. 이렇게 파란만장한 세상을 살아온 나이긴 하지만 정말 당신처럼 억울한 상황에 처했었다면 아마, 이런 나라도 도저히 감당할 수 없었을 거요! 단언하건데 아마, 더 이상은 당신처럼 이 세상에 남아있지도 못했을 거요. 40년이란 세월은… 더 더욱….”

김아저씨가 말을 잊지 못하고 울먹였다.

“그건 말이지요.”

가수가 김아저씨를 바라보았다.

“난, 비록 형무소에 있었지만 정신적으로는 내가 있던 그 형무소에서 온전히 떠나 있었기에 그 혹독했던 형무소 생활을 견뎌낼 수 있었던 거였지요.”

가수가 담담한 얼굴로 다시 말했다.

"아마도 기적이었을 거요!"

김아저씨가 고개를 끄덕였다.

'만약 내가 아무런 죄 없이 40년 동안 감옥 속에 갇혀 있었다면? 그것도 수치스러운 강간살해범으로 잡혀 들어갔다면?'

나는 과연 그 40년을 살아낼 수 있었을런지 도저히 알 수 없었다. 아니, 확신할 수 있었다. 나야말로 아예 일찍 죽어버렸거나 미쳐버렸을 거라고….

"단언컨대 그런 상황에서는 나 역시 버텨내지 못했을 거예요. 아니, 더 이상 이 세상 사람이 아니었을 거예요."

무대에서 가까운 테이블에 앉아 한 여자와 식사를 하며 노래를 듣던 회색양복을 입은 남자가 자리에서 벌떡 일어났다. 그리고 그는 무대 위의 남자에게 엄지손가락을 높이 치켜들며 말했다.

"당신은 정말 대단한 분이십니다!"

놀라운 일이었다. 그런데 여기 그런 감옥에서 40년을 견디고 DNA검사로 인해 무죄를 선고받고 풀려난 남자가 실제로 있는 것이다. 그 남자는 분명 어떤 의미에서는 불운을 견디고 이겨낸 영웅이었다. 천군만마를 거느린 자만이 영웅이 아닌 것이다.

그는 40년이란 그 길고 긴 고뇌의 세월을 아무도 믿어 주지 않았던 자신의 무죄를 주장하며 스스로를 견고하게 지켜낸 영웅임이 분명했다.

"당신은 비록 40년을 형무소에 있었지만, 40년의 세월도 당신을 망가뜨리지 못했어요. 당신은 정말 대단하세요?"

무명배우도 감동한 얼굴로 눈물을 닦으며 그에게 말했다. 순간, 사람들은 모두 남자에게 우레 같은 박수를 보냈다.

"사실, 난 잘 우는 사람이 아니지만, 당신을 생각하면 정말 울지 않을 수 없군요. 전, 전, 당신의 고통을 알고 있답니다. 당신 앞에서 감히, 이런 이야기를 하는 것 자체가 부끄럽지만 전 사실 아직까지 먹고살기 위해 판에 박은 듯이 매일 일하며 가족들을 위해 살아온 저의 삶 자체가 지긋지긋하게 힘들고 버거워서… 그만, 죽어버리고 싶었을 때가 많았거든요? 때론 제 자신이 꼭 유치장에 갇힌 유기수와 같다는 그런 생각이 들 때도 종종 있었지요. 그런데 정작… 당신이 살아 온 기막힌 이야기를 들어 보니 저는 저의 매일 매일이, 이런 평온한 삶이 얼마나 소중한

지, 저의 가족들이 저에게 얼마나 귀한 존재인지도 모르며 살아온 셈이었어요. 늘 저의 무죄만을 주장하면서… 당신을 보니 그런 한심한 제 자신이 몹시 부끄럽군요. 이제부턴 저의 삶을 무엇보다 감사하며 살아가겠어요."

무대 앞에 앉았던 한 고객이 눈물로 범벅이 된 얼굴로 울먹이며 그에게 고백했다.

어느새 내 옆으로 온 무명배우가 나에게 막걸리를 가득 따라주며 속삭였다.

"나 역시 늘 내 자신이 불행하다고 생각해 왔는데 오늘 처제집 주인아저씨의 친구분인 김아저씨가 살아왔던 이야기에, 아니, '삶 자체가 유치장에 갇힌 것 같다'고 고백했던 저분의 말에, 아니, 저 가수의 살을 에는 40년의 고통을 생각하니 저의 불행은 정말 휴지조각 같은 거라는 생각이 드는군요. 마치 한꺼번에 많은 이들에게 위로를 받은 것처럼 마음이 후련하군요."

무명배우가 막걸리 잔을 내려놓으며 말했다.

"누군가가 그랬지요. 절망하지 않으면 반드시 성취한다고… 그러니 저 가수는 자신의 꿈을 이룬 게 분명한 거죠."

"저 역시 고통이야말로 인간을 성숙하게 만들어 준다는 생각이 드는군요."

"그러니까, 두려운 것은 죽음이나 고난이 아닌 고난이나 죽음에 대한 공포라는 말이 생각나네요. 고난과 불행을 모르는 삶은 어쩌면 비어있는 집처럼 아무 의미가 없는 삶인지도 모르지요."

"저 가수야말로 기적을 이룬 훌륭한 분이에요."

수근거리는 사람들의 이야기 소리가 들려왔다.

*

"당신을 만난 오늘을 죽을 때까지 잊지 않을 거요!"

주인아저씨가 가수에게 말했다. 가수가 처음으로 환히 웃었다. 고객들이 모두 일어나 그에게 기립박수를 보내는 동안 '자신의 생애에서 그를 절대 잊지 못할 거'라고 선언했던 주인아저씨가 스르르 자리에서 일어났다. 주인아저씨는 무대 위의 가수에게 다가가 그를 꼭 안았다. 이어서 김아저씨와 모든 손님들도 앞다투어 가수를 안아주었다.

나는 그날 그 남자가수가 처제집 무대를 통해 얼마만큼 위로를 받을 수 있었는지 잘 알지 못한다. 아니, 그에게 과연, 어떤 식으로든 위로가 가당키나 한지 어떤지 모른다. 그러나 나는 분명, 그의 경직된 표정 너머 충혈된 눈동자를 보았고 반짝이는 이슬을 보았다. 그리고 그 순간 나는 그로 인해 상상을 초월한 위로를 받았고 얼얼할 만큼 수위 높은 감동이 나를 휘감았다.

'내게서 해가 지지 않게 해줘요'

나는 그의 삶에서 다시는 해가 지지 않을 것을 예감했다. ⚘

난 나의 사랑을 알고 있어요
당신이 떠나버린 것이 아니란 것을

처제집 혼례식

처제집 혼례식

그날은 밤늦도록 '처제집' 주인의 모습은 보이지 않았고 종업원들만 음식을 나르고 있었다. 나는 가끔 마주친 적이 있던 낯익은 손님들만 찾아와 웅성대는 처제집 안으로 들어가 평소에 자주 앉는 창가에 자리를 잡고 앉았다. 늘 그렇듯 낯익은 손님들과 반갑게 인사를 주고받았다. 창밖에서는 여전히 비바람이 불었고 휘청대는 나무들의 그림자가 어지러운 그림을 그리며 흩어지다 모아지다를 반복했다.

난 나의 사랑을 알고 있어요
당신이 떠나버린 것이 아니란 것을

달빛은 따사롭고 나뭇잎처럼 흔들리는 배
내 마음엔 언제나 당신이 함께 있어요

마침 아말리아 로드리게스가 부르는 〈검은 돛배〉란 노래가 물결처럼 넘실대며 처제집 안을 흐르고 있었다.

"아! 아말리아 로드리게스의 노래, 오랜만에 들어보는군요."

연극배우가 말했다.

"로드리게스는 정말 믿을 수 없을 만큼 매혹적인 국민가수였다죠?"

옆 테이블에 앉은 작가지망생의 말이었다.

"맞아요! 그러니 모두들 로드리게스를 '파두의 여왕'이라고 부르지 않아요."

조금 쉰 음성이 작가지망생의 이야기에 편승했다. 방금 들려온 쉰 음성의 주인공은 무명배우였다. 언젠가 주인아저씨가 누군가에게 했던 이야기가 생각났다. 그녀에 대한 이야기였다.

"아무래도 이번에 만났다는 새 애인과도 무언가 틀어지고 있는 것 같아!"

주인아저씨의 말이었다.

"뭐! 무슨 문제가 있거나… 혹은, 실연을 당한 건 아닐까요?"

그때 일간지 기자가 고개를 갸웃했다.

"지난밤에도 밤늦도록 어찌나 마셔대던지… 그러다 새벽녘에야 돌아가더군."

주인아저씨는 무명배우가 걱정이 된 나머지 그날 우버를 불러주려고 했지만 본인이 한사코 괜찮다며 차를 몰고 돌아가더라고 했다.

"내가 볼 땐 막걸리 정도로는 취하진 않을 걸요?"

남자의 옆 테이블에 앉아 막걸리를 마시던 대학교수가 주인아저씨에게 한마디 했다.

"그래도 걱정이 많이 됩니다. 그날 우리 집에서 머문 시간이 꽤 오래 되긴 했지만…."

"분명 무슨 사연이 있을 거예요. 알고 보면 세상엔 사연 없는 사람이 없거든요?"

"그야! 뭐, 빤한 사연이죠. 알고 보면 우리는 누구나 다 괴로운 거에요!"

일간지 기자가 막걸리잔을 들여다보며 중얼거렸다. 늦은 시간이었지만 그날 밤은 유난히 처제집을 찾는 손님들이 많아서 나는 어쩔 수 없이 여러 사람들과 합석을 해야 했는데 왠지 무명배우의 이야기에 신경이 쓰였다. 주인아저씨의 말 때문이었다.

아무튼 대부분 처제집 단골손님들인 만큼 고객들이 모이면 늘 허물없이 서로 이야기가 오갔다.

"아니, 요즘은 왜 이리 끊임없이 비가 오는 거죠? 정말 매일 그치지 않고 집요하게도 비가 오는군요."

"글쎄 태풍이 북상을 하다 방향을 서쪽으로 틀었다나요? 정말 변덕스런 날씨 아닌가요?"

연극배우가 말했다.

"이렇게 오래 비가 오면 마음이 한층 더 우울해지게 마련이거든요?"

무명배우도 창밖을 내다보며 시큰둥한 얼굴로 말했다. 그녀의 옆에 앉아있던 교수는 말없이 무명배우의 잔에 막걸리를 채워주었다.

난 나의 사랑을 알고 있어요
당신이 떠나버린 것이 아니란 것을
사람들은 당신이 언제나
나와 함께 있다고 말하죠
난 나의 사랑을 알고 있어요

"사랑을 알고 있다고? 저렇게 자신의 사랑을 확신할 수 있는 이들이 부럽군."

로드리게스의 노래를 따라 흥얼거리던 대학교수가 중얼거렸다.

"그런데 말이죠? 사랑은 그렇게 달콤하기만 한 게 아니더군요. 이 노래도 분명 아름답지만 어쩐지 슬프게 느껴지지 않나요?"

"맞아요! 주인공 여자가 돌아오지 않는 애인을 기다리는 노래니 당연히 슬플 수밖에요."

"검은 돛배란 결국, 돌아오지 않는 애인, 즉 죽음의 상징이죠. 애인은 죽었고…."

무명배우 옆에 있던 교수가 말했다.

"돌아오지 않는 애인… 너무나 슬픈 이야기군요."

"결국 사랑이 이루어지지 않았다는 이야기지요. 그런 슬픈 사랑의 이야기는 많이 있잖아요?"

무명배우가 긴 한숨을 내쉰 후 반문했다. 여자의 또 다른 쪽에 앉아있던 손님이 고개를 끄덕였다.

"결국 세상의 모든 사랑의 이야기가 대부분 이루지 못하는 귀결로 끝나죠. 아시지 않아요? 폭풍의 언덕, 로미오와 줄리엣, 전쟁과 평화, 바람과 함께 사라지다, 닥터

지바고, 마담 버터플라이, 안나카레리나, 유리시스와 오르페, 또, 또….”

“저 노래도 몹시 안타깝고 슬픈 노래군요. 그런데 요즘 세상에도 돌아오지 않는 애인을 기다리는 사람이 있나요? 제가 알기엔….”

연극배우가 이상하다는 듯 묻자 무명배우가 고개를 끄덕이다 말했다.

“기다려주는 것까지는 그리 어렵지 않아요. 배반만 하지 않는다면….”

그녀의 말에 잠시 주위가 잠잠해졌다. 한동안 침묵이 이어졌다. 나도 로드리게스의 노래에만 집중했다. 노래의 가사는 슬펐지만 파두의 리듬이 경쾌하게 살아 숨 쉬고 있었다.

“이렇게 비오는 날은 옛 애인이 저절로 생각나는 날이지요.”

구석에 앉아있던 신문기자가 중얼거렸다.

“무슨, 사연이라도 있으신 모양이지요?”

또 다른 손님이 그에게 막걸리를 가득 따라주며 물었다.

“흠, 이 세상에 사연 없는 사람이 있을까요? 알고 보면 누구에게나 사연은 있게 마련이지요."

그의 말에 사람들은 저마다 서글픈 웃음을 터뜨렸다.

"맞아요!"

"비 오는 날 뿐인가요? 사실, 눈이 와도, 해가 나도, 구름이 낀 날에도, 바람이 불어도, 안개 자욱한 날에도 생각나는 사람은 있게 마련이죠."

누군가의 말에 사람들이 왁자하게 웃었다.

그때였다. 말없이 술을 마시던 무명배우가 눈물을 닦아냈다. 노래는 계속 흐르고 있었다.

난 나의 사랑을 알고 있어요
당신이 떠나버린 것이 아니란 것을

대학교수가 자리에서 일어나 벽 앞으로 갔다. 벽 앞에 서서 무언가를 적었다. 나중에 무명배우에게 들은 이야기로는 그가 낙서를 마친 후 스테이지 뒤로 걸어가 전 아내에게 문자를 보냈다는 것이다. 이혼한 그의 전 부인에게 보내는 문자였다.

"오늘은 비바람이 몹시 부는군."

물론 그를 떠난 아내에게서는 아무 반응이 없었다고 했

다. 그는 몹시 실망한 듯 또 하나의 문자를 띄웠다는 것이다.

"글쎄 말이지요. 술에 취했던 날 아내에게 전화를 해서는 몹시 보고 싶다고 주정 아닌 진정을 말하더군요."

무명배우가 속삭이듯 말했다.

"꼭 한 번 만나 달라고요."

"나는 만난 지 얼마 되지 않은 남자친구에게조차 배반을 당했는데… 행복한 여인 아닌가요? 이미 헤어진 전 남편에게 계속 구애를 받다니…."

나 역시 그런 말을 전에도 들은 적이 있었다. 아내는 자신을 떠났지만 그의 마음속엔 오직 아내뿐이라는 말이었다. 그에겐 오직 이혼한 아내가 유일한 사랑이었다.

*

그날은 특이한 날이었다. 오후 늦은 시각 한 여인이 거칠게 처제집 문을 열어젖히며 들어온 것이다. 한 눈에도 여배우나 모델과 같은 포스가 느껴지는 모습이었다. 여인은 몹시 화가 나 있는 듯 고개를 빳빳이 들고 조금도 머뭇거리지 않고 대학교수 앞으로 직진했다. 그리고 외쳤다.

"나는 당신을 잊었어! 분명히 알아야 해요! 내가 당신을 만난 건 악몽이었고 내 일생일대의 실수였다고!"

"어머 어떻게 해!"

무명배우가 놀란 나머지 어쩔 줄 몰라 하며 나에게 속삭였다. 나는 숨을 죽인 채 그들을 바라보았다.

"전에도 여길 온 적이 있었지!"

대학교수의 전 부인은 이혼 전에도 처제집을 떠나기 전 그런 마지막 멘트를 날렸었다고 사람들이 수근거렸지만, 나에게는 그녀가 초면이었다. 그녀는 다시 모두가 듣도록 대학교수에게 크게 소리쳤다.

"다시는 나에게 연락하지 말라고!"

대학교수는 아무런 반응도 보이지 않았다. 나는 놀랐다. 어떻게 아직도 저런 전 부인을 사랑할 수가 있는가. 그제서야 제 정신이 돌아온 듯 자리에서 일어난 대학교수는 아내를 데리고 밖으로 나가려고 했다. 그녀는 그를 뿌리쳤다. 그리고 그의 뺨을 세차게 때렸다.

"당신, 더 이상 내 일에 방해하지 마!"

크게 소리친 여인은 미친 듯이 처제집 문을 닫고 사람들의 시야에서 사라졌다. 거의 일이 분도 안 되는 사이에 일어난 일이었다. 처제집 안에 있던 손님들과 우리는 여인의 기세에 놀란 나머지 멍하니 바라보았을 뿐이었다.

그 후 한동안 처제집에서는 교수에 대한 이야기가 화제가 되었다.

"세상은 정말 넓고도 좁네요! 그녀가 바로 교수님의 전 부인이었다니…."

"그럼? 그 여인을 알고 계셨나요? 정말 아름답고 세련된 여인이로군요!"

누군가 감탄한 듯 말했다.

"그래요? 제가 보기엔 한없이 천박해 보이던데…."

무명배우가 말했다.

"모르세요? 교수님의 전 부인은 문화계에서도 아주 알려진 인물이래요."

"어머나!"

한 여인의 말에 사람들은 깜짝 놀랐다. 알고 보니 그녀는 놀랍게도 대형 뮤지엄에 유명인의 작품을 기증한 장본인이고, 신문에도 연일 그녀를 소개하는 기사가 크게 실린다고 했다.

"대단한 일이네요."

누군가 속삭였다.

"문화계의 큰손?"

"아무리 그래도 그렇지 정말 안하무인이로군요! 감히 교수님의 뺨을 갈기다니요? 참! 기막혀서…."

무명배우가 말했다.

"그런데 교수님이 어때서? 왜? 이혼을 했을까요?"

연극배우가 물었다.

"모르시겠어요? 저이가 바로 그 유명한 큰손이라고요. 그러니 저 교수님과는 어울리지도 않는 거물이라니까요."

"뭐? 큰 손? 거물? 문화계 인사?"

"그래요! 뮤지엄 뿐만이 아니라 전시회가 있을 때도 유명인들의 작품을 모조리 구입했다고 하더군요. 물론 브로드 부부나 닥터 해머 같은 콜렉터야 아닐 테지만 나름 알려진 인물이죠!"

무명화가의 말에 사람들은 모두 놀란 얼굴로 서로를 바라보았다.

"아무리 그래도 저 여자는… 아니에요!"

무명배우가 고개를 옆으로 저으며 말했다.

"그런데 저 여자가 어떻게 일개 가난한 교수의 부인에서 일약 문화계의 인사로 변신을 했을까요? 도무지 그 타이틀이 저 여자에겐 어울리지 않긴 하지만…."

"모르셨어요? 그 대단한 S모델 에이젠트사에 그녀가 취직을 했고, 그 회사의 주인이 첫눈에 사랑에 빠졌다는 사실을요. 아! 모두 얘기하자면 아주 길지요. 제 친구가 일하는 잡지사가 마침 그 회사와 연계돼 있거든요."

"아닌 게 아니라 저도 그녀가 그 회사주인의 대저택으로 입성했다는 소식을 어떤 잡지에서 잠깐 보았는걸요? 그 후 결혼을 했는지는 잘 모르겠지만…."

일간지 기자가 말했다.

"이상하네요? 그 에이젠트사의 오너는 알다시피 벌써 모델 출신 전 부인만 다섯인데… 또 결혼을 했다니… 그리고 소문엔 그 전 부인들이 모두 한 동네에서 살고 있다고 들었는걸요."

"그건 또 어떻게요?"

사람들이 알 수 없다는 듯 모두 고개를 옆으로 저었다.

"그러니까 한 부인과 이혼을 하면 그 집을 나와 그 동네의 다른 집을 구입하고, 또 다른 부인과 이혼을 하면 또 그 집을 나와 또 다른 집을 구입하고… 그렇게…."

"?"

"그래도 재력이 대단하니 그게 무슨 대수겠어요? 세상이 정말 잘못된 거죠!"

누군가 무명배우에게 동조했다.

"암튼, 그런 인간들이 문화계 인사라니… 정말 더 어울리지 않는군요. 문화가 뭐냐고요? 인간이 더 인간답게 살기 위해 있는 것 아니냐고요?"

"뮤지엄에 그림을 증정하고 유명인의 그림을 구입하면 다 문화인인가요?"

"전 사실… 그런 건 잘 모르지만 진정한 문화인이라면 인성부터 제대로 된 인간이어야죠. 아무튼 저 여인이 최근에 어마어마한 재력을 거머쥐었다는 소문이 자자하더군요."

"저도 그런 소문은 들었어요. 아시지 않아요? 그 재벌 에이젠트사 말예요. 저 여인이야말로… 전형적인 팜무파탈?이 아닌가요?"

"사실, 세상에서 가장 어려운 건 확실히 인간답게 살아가는 일이죠."

"맞아요! 저절로 얻어지는 건 아무것도 없지요."

"인간처럼 살기 위해 모두 피 터지게 노력하는 것 아닌가요? 삶을 가치 있게 만들어 가려는 노력은 오직 인간만이 할 수 있는 일이니까요. 그런데…."

사람들의 이런저런 이야기를 듣던 나는 깜짝 놀랐다.

그러고 보니 교수의 전 부인의 모습이 눈에 익었다. 세상에! 어떻게 그토록 까마득히 모를 수가 있나!

그랬다! 그녀는 분명 나의 친구의 동생이었다. 그러고 보니 전직 모델이었던 그녀의 화려한 차림새는 친구와 달랐지만, 얼굴은 친구를 많이 닮아있었다. 언젠가 친구와 안부를 묻던 중 동생의 이야기를 잠깐 들은 적이 있었다.

"동생은 잘 살고 있니?"

무심코 안부를 묻자 한순간 친구의 얼굴에 어둠이 스쳤다.

"이혼한 지 한참 되었단다."

"뭐? 신랑이 대학교수 아니었니? 아주 잘 어울리는 부부였는데…."

내가 이유를 묻자 친구는 머뭇거리며 제부가 경제적 능력이 없어 동생과 이혼을 했다는 것이다. 곧 이어 친구는 자기 동생이 직장의 주인과 사랑에 빠져 결혼한다며 푹 한숨을 내쉬었다.

"이혼? 그거야 누구나 할 수 있지. 부부간의 일은 아무도 모르는 거야! 그리고 이혼한 후에도 다시 사랑에 빠질 수 있는 것 아니니?"

나는 오히려 고민에 빠진 친구를 위로했었다. 그리고 친구로부터 놀라운 사실을 알게 되었다.

"말이 되니? 사실은 말이지 난 제부에게 너무나 미안한 마음이 들어. 제부에게는 첫 번째 결혼이었지만 동생은 재혼이었거든?"

"…."

친구는 잠시 생각에 잠겼다. 그리고는 결심이나 한 듯 털어 놓았다.

"동생이 또 결혼한다는 그 남자가 말이지… 내 동생보다 거의 30세나 많다고 해! 기막혀서… 30년! 강산이 세 번 변하는 나이야! 세상이 도대체 어떻게 돌아가는지… 나보고 어떻게 자기를 이해해 달라는 건지? 내가 보기엔 그 둘이 다 제 정신이 아니야!"

친구는 그때 어두운 표정으로 한동안 먼 곳을 바라보았다.

"정말이지 제부에게 너무나 미안해!"

알고 보니 친구의 제부는 바로 우리가 처제집에서 만난 교수였고, 그가 잊지 못하는 전처는 친구의 동생이었다.

다른 도시로 이사한 친구와 한동안 연락이 끊겼다. 멀

리 떨어져 살고 있는 탓도 있었지만 나 역시 늘 바쁘게 살아온 탓이었다.

그러던 어느 날, 나는 친구의 전화를 받았다. 안부를 주고받던 중 우연히 친구 동생의 근황을 들게 되었다. 그리고 나는 또 한 번 놀랐다. 친구는 동생이 재혼한 나이 많은 제부가 죽었다는 소식을 알려준 후 곧 다른 화제로 옮겨갔다. 마치 아무 이야기할 가치도 없다는 듯.

*

한동안 밀린 작업을 하느라 처제집을 찾지 못했던 나는 오랜만에 찾았던 처제집에서 교수와 무명배우의 이야기를 들으며 사람들과 함께 기뻐했다.

"아저씨! 그런데 어떻게 그렇게 빨리 둘 사이가 가깝게 된 거죠?"

"그게, 그러니까… 교수님의 전 부인이 우리 집으로 찾아오고 그 며칠 후였어. 갑자기 교수님이 쓰러진 일이 있었지."

주인아저씨가 말했다.

"어머나! 그런 일이 있었군요."

"그날 교수님은 우리 집에서 식사를 마친 후 무슨 약속이 있다며 나가셨지."

교수가 처제집에서 나간 후 무명배우가 급히 뛰어 들어왔다. 그는 처제집 앞에서 쓰러져있던 교수를 발견한 것이었다.

"그때 교수님은 쓰러지며 무언가에 부딪쳤는지 이마에서 피를 줄줄 흘리고 있었다고 해! 그래서 더욱 놀랐겠지."

그날, 무명배우는 정신을 잃은 교수의 이마에서 흐르는 피를 닦아주고 지혈을 시킨 후, 물을 먹여 보려고 애썼고 그 노력 덕분인지 교수는 겨우 깨어날 수 있었다.

"심각한 상황을 감지하고 모두들 밖으로 달려 나가 구급차를 부르려고 했을 때였어. 그제야 교수님이 깨어나서 정신을 차리고 주위를 둘러보며 말리더군."

주인아저씨가 말을 이었다.

"사실, 교수님은 며칠 동안이나 잠을 설치며 의뢰받은 일을 하다 보니 몹시 피곤했다고 하며 아는 병이니 이제는 집으로 돌아가 쉬겠다고 하셨지…."

그때부터 무명배우는 걱정이 되었던지 모든 일을 제쳐놓고 교수의 회복을 위해 도왔다.

"나중에 들은 말로는 의사인 오빠의 병원으로 교수님을 데려갔다더군."

"그랬군요. 고맙게도…."

"이제 보니 정말 마음이 따뜻한 분이었군요!"

등잔 밑이 어둡다는 말처럼 평소에도 교수와 무명배우는 늘 우리와 함께 식사를 하거나 처제집의 공연을 보거나 단골손님들과 이런저런 이야기를 나누며 가깝게 지내던 사이였다.

"다행히도 단지 피로가 겹쳤을 뿐 별다른 이상은 발견되지 않았다더군."

주인아저씨의 말을 작가지망생이 받았다.

"아저씨, 전 그래도 이해가 잘 가지 않는군요. 교수님이 부인과 이혼을 하고도 그토록 오랫동안 전 부인과 다시 재회하기 위해 노력을 해왔다는 사실이 말이에요."

연극배우가 말했다.

"그거야… 누구나 스스로의 마음을 통제하지 못할 때가 있는 법이네! 아, 자네는 그래, 연애도 안 해봤나? 나도 한창때는 내가 싫다는 사람도 쫓아다녀 보고 짝사랑도 해보고 그랬지… 난 모두 이해할 수 있다오!"

주인아저씨는 교수가 전 부인과의 재결합을 위해 오랫

동안 기다려 왔고 심지어 친구를 보내 자신의 심정을 전했던 일도 있다는 이야기를 해주었다.

“아! 교수의 간절한 청에 못이긴 친구가 전 부인을 만난 후 돌아와 교수에게 충격적인 말을 전해 주었다더군!”

“뭐라고요?”

“뭐? 어서 가서 그 고귀하신 교수님께 전해줘요! 난 이제 더 이상은 그런 덜덜거리는 차를 타고 다니고 싶지 않다고… 내가 비록 집세를 못 내 창문으로 드나들망정 절대로 다시 돌아갈 일은 없다고! 그랬다던가? 뭐라던가?”

“뭐라고요? 어떻게 감히 그런 말을….”

나는 마음이 언짢았다. 연극배우도 고개를 옆으로 저었다. 모두 실망한 기색이었다.

언젠가 주인아저씨가 말한 적이 있었다.

“여러분들 더 늦기 전에 이왕이면 가까운 곳에서 짝을 찾아보도록 해요! 뭘 그리 먼 곳에서 찾을 것 있나?”

“!!”

“지나고 보니 결혼이란 별 게 아닙디다. 우리가 함께 만나 이야기하고 먹고 마시며 정이 들듯 그렇게 배우자와 만나 오랜 세월 함께 늙어가는 거죠.”

나도 그때는 그 말의 뜻을 몰랐지만 지금은 이해할 수

있었다. 그러고 보면 가장 소소하고 하찮은 일이 가장 중요한 일인지 몰랐다.

그러고 보니 처제집 손님들은 서로에 대해 거의 다 알고 있었다. 그리고 늘 처제집에서 만나다 보니 서로 허물없는 사이가 되었다.

"아저씨! 우리는 수년간 처제집에서 만나다보니 어느새 영혼의 동반자 같은 사이가 되었던 거예요. 더 이상 서로에 대해 알아야 할 것도 숨길 것도 없었어요."

결혼을 결심했던 무명배우의 고백이었다. 그래서 대학교수는 자신을 돌보아주었던 무명배우와 자연스럽게 가까운 연인 사이가 되었던 것이다.

"아저씨! 요즘 그분들 모습이 보이지 않는군요. 여전히 잘 지내시겠죠?"

일간지 기자가 궁금한 듯 물었다.

"아무래도 곧 좋은 소식이 있을 것 같군요. 뭐 그런대로 부모님을 찾아가 상견례도 끝냈다고 하니 조만간 국수를 얻어먹게 될 것 같구료! 하 하 하!"

주인아저씨가 시종일관 싱글벙글 웃으며 그들의 소식을 알려주었다.

"정말 잘 되었어요!"

손님들 모두가 기뻐했다.

*즐거운 축제, 무대 위에 환한 조명이 켜졌다. 이번에는 진 바지에 티셔츠를 편하게 입은 처용과 제우스가 무대 위에 등장했다. 치렁치렁하던 머리를 아주 짧게 자른 새로운 스타일이었다.

처용: 형님! 아주 오랜만입니다. 그동안 별 일 없으셨는지요?

제우스: 에브리씽 이즈 원더플!(Everything is wonderful!) 아암! 잘 지내다마다!

처용: 그래, 요즘 세상을 구름 위에서 내려다보니 어떻습디까?

제우스: 뭐 구름 위가 대순가? 요즘은 대형 망원경이 우주 끝을 낱낱이 돌아다니며 억 광년 전이다, 우주의 시초다 뭐다 장황한 사진들을 전송해 오는 시댄데… 암튼, 그 이상기후다 뭐다, 그 뭐라든가? 힐러리 클린턴 영부인! 아닌 태풍이 불지를 않나? 아델라란 요상한 이름의 태풍이 연달아 불어오지를 않나? 고래싸움에 새우등 터지듯 고통 받는 민생들 생각에 내, 별로 몸과 마음이 편치가 않았네! 쏘우! 하우 어바우트 유? 디즈 데이스? 그래

자네는 요즘 어떻게 지내나?

처용: 형님! 말도 마슈! 전쟁은 아직도 끝날 기미가 안 보이고 애먼 인간들만 점점 더 고통 받는 시국인데 차마 눈뜨고 볼 수 없는 지경에 너무나 가엾고 안쓰러워 밤마다 잠을 설치고 있는데… 내가 사는 일마저 그 때문에 힘들어 죽겠는데, 아! 거기에 인간들이 벌려놓은 문제들이 꼬리를 물고 자꾸자꾸 터지고 있으니… 더구나 요즘은 후쿠시마 원전의 방류 문제가 꼬리를 잇고 있으니… 앞으로는 생선이나 제대로 구어 먹을 수 있을는지… 잠자리마저 영 편치 않다오!

제우스: 돈 워리!(Don' t worry!) 암튼, 머리 아픈 문제는 그보다도 많이 있지만, 지금은 조금 뒤로 밀어 두세! 오늘은 그래도 우리 처제집 잔치날이 아닌가? 새 신랑신부, 아니, 헌 신랑신부, 암튼, 신랑신부 축하를 해주어야지! 오늘은 모든 만남들 중 가장 성스러운 혼례식이니 우리 한 번 실컷 먹고 마시며 축하하세! 밤새도록 놀아 보세나!

처용: 아무렴요, 형님! 비록 초혼은 아니지만, 그래도 모든 만남은 복된 만남이 아닙니까? 자아! 어서 놀아 봅시다! 형님!

제우스: 아암! 그래도 이번에는 백년해로할 걸세! 얼쑤!

처용: 아무렴요! 절쑤!

처제집 손님들도 모두 처용과 제우스를 따라 신랑 신부를 축하해 주었다. 주인아저씨는 그날 자발적으로 우리 모두에게 음식을 제공해 주었다. 늦은 시각이었지만 사람들은 집으로 돌아갈 줄 모르고 떠들썩하게 축제를 벌였다. 결혼을 위한 잔치인지 스스로를 위한 잔치인지 분간할 수 없을 만큼 모두들 한껏 들떠 있었다.

"여러분! 우리 오늘밤 저 늙은 신랑을 천장에 높이 달아매고 밤새도록 발바닥에서 피가 나도록 몹시 칩시다!"

"그래요! 좋지요!"

"찬성이요!"

"그럼, 우선 신랑을 저 천장 대들보에 꼼짝 못 하게 꽉 묶어놔야죠!"

손님들 모두 주인아저씨의 익살에 왁자하게 웃었다.

신부는 신랑을 무지막지한 폭도들에게 빼앗기지 않으려고 울상을 하며 신랑 앞을 턱 막아섰다. 신랑 신부는 시종일관 몹시 수줍어하면서도 사람들과 함께 웃으며 잘 어울렸다. 이렇게 처제집 신랑 신부 1호가 처음으로 탄생했다.

나는 사람들 사이를 오가며 음식을 나르는 주인아저씨의 모습에서 가나의 혼인잔치에 오신 예수님의 모습을 보는 것 같았다. 주인아저씨의 모습이 더없이 성스럽게 보였다.

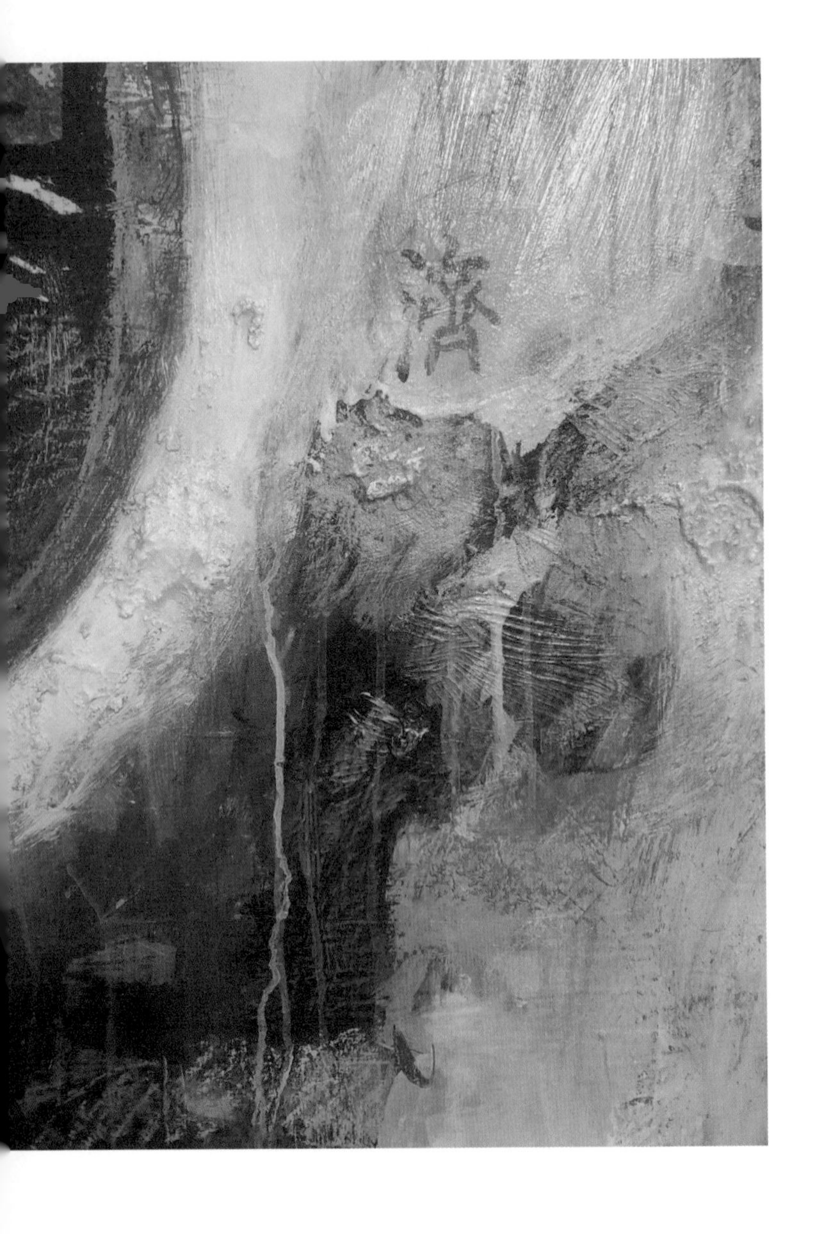

정성을 다해 사랑한다는 일은 얼마나 어렵고 무서운 결단인가

죽어도 살아있는

죽어도 살아있는

밤늦도록 잠들지 못하고 잠을 설쳤던 날 아침, 오전부터 카톡이 울렸다. 나는 피곤한 눈을 뜨고 액정 위에 뜬 메시지를 드려다보다 깜짝 놀랐다. 처제집 주인아저씨에게 온 메시지였다.

'그동안 저의 집을 찾아주신 모든 분들에게 감사드립니다'

메시지는 그야말로 청천벽력 같은 소식을 담고 있었다. 처제집이 이 지역의 재개발 사업 프로젝트에 들어가 있어서 철거되므로 곧 문을 닫아야 한다는 것이었다. 주인아저씨는 문을 닫기 전 특별한 단골손님들과 함께 마지막 잔치나 열어보고 싶다는 요지였다.

처제집의 고객은 수없이 많았지만 모두 다 초대할 수는

없어 자주 들르던 단골손님들로 그 수를 제한했다.

나는 서둘러 처제집으로 갔다. 모든 상황에 대해 직접 타진하고 싶었다.

'문을 닫다니?'

이해할 수가 없었다. 처제집은 이미 모여든 손님들로 웅성거리고 있었다. 사람들이 주인아저씨와 이야기를 나누는 열띤 음성이 실내악과 뒤섞이고 있었다.

주인아저씨는 오늘도 평소처럼 분주하게 음식을 나르며 손님들의 시중을 들었다. 그래도 손님들이 무언가 궁금해하면 일일이 처제집이 처한 상황에 대해 설명해주었다. 단골손님들이 저마다 질문을 쏟아냈다.

"이게 무슨 일이지요?"

"아니, 곧 문을 닫을 예정이라니… 참!"

"그럼 우린 이제 어디로 가야 한다지?"

이런저런 이유로 혼자 사는 이들은 더 자주 처제집을 찾았던 터여서 난감한 표정이었다.

"이제는 처제집 건물도 많이 낡아버렸어요."

나와 함께 식사를 하던 무명배우가 말했다.

"그래요! 그리고 지금 대부분 낡아버린 건물들이 많은 곳은 거의가 다 재개발이란 물결 속으로 사라지는 추세라고요."

작가지망생의 대답에 단골손님들은 모두 맥이 빠진 듯 허한 표정을 짓고 있었다.

처제집에 대한 사람들의 이야기를 듣고 있자니 덩달아 마음이 무거워졌다.

"정말 섭섭해요. 이렇게 꼭 문을 닫아야 하나요?"

누군가 답답하다는 듯 주인에게 물었다.

"제가 보낸 카톡은 받아보셨겠죠? 상황이 어쩔 수 없이 그렇게 됐구만요. 그래서 아내와 의논한 결과 평소에도 우리 집을 자주 찾아주시던 분들을 만나 이야기라도 나누고 싶었답니다."

"아저씨, 다시는 여기를 들를 수 없다니요. 전혀 예상치 못한 일이네요!"

나처럼 다른 사람들도 실망을 감추지 못했다. 주인은 입을 꾹 다문 채 고개를 끄덕이며 평소에 주문하던 음식과 막걸리를 내 앞에 놓아주었다.

'우린 이제 어디로 가야하나?'

나와 그곳의 모든 이들 역시 같은 심정이었다.

"요즘 세상에 우리가 이렇게 부담 없이 익숙하게 들를 수 있는 장소가 이 지구상에 처제집 말고 또 있을까요?

더구나 그동안 이곳을 찾았던 세월이 결코 짧지 않은데…."

주인아저씨가 대답 대신 술집 안을 둘러보며 긴 한숨을 내쉬었다.

사실 처제집은 나에게도 아무 시간대나 부담 없이 들를 수 있었던 유일한 장소였다. 특히 나 같은 프리랜서는 글이 막힐 때마다 이곳에서 머리를 식히며 재충전을 할 수 있었다.

*

"여기에 어마어마한 문화센터가 지어진다구요? 입구에서부터 컴퓨터 시스템이 도입되어 회원권을 넣어야만 열리는, 귀하신 분들의 지시를 받는 에이아이들과 로봇의 세상이. 그것도 휴식처 아닌 놀이터가…."

"에이, 우리 같은 서민들은 들어갈 수도 없을 테지."

우리가 모르는 동안 이 지역 주민들과 상가의 운명은 서서히 바뀌고 세상도 끊임없이 변화고 있었던 것이다.

"사실, 처음엔 재개발을 하겠다는 그 재벌 회사를 원망했었죠. 그나마 우리 같은 서민들이 아지트처럼 드나들 수 있었던 집이 없어진다는 사실을 받아들이기가 힘들더군요!"

본인은 한때 잘 나갔다지만 지금도 여전히 무명가수로 떠돌고 있는 한 중년 남자가 엉뚱하게도 처제집이 있는 동네에 대해 재개발을 피해 갈 수 있을지를 부동산을 하는 지인을 찾아가 타진해 보았다고 털어놓았다.

"알고 보니 그 재개발 계획서는 이미 한 재벌회사의 권한으로 넘어간 후였어요."

남자는 그때 넘어간 부동산의 가격이 형편없이 낮았다며 투덜거렸다.

"그런 가격이란 걸 진작 알았더라면 제 친구 회사에서도 미리 손을 쓸 수 있었다고 하더군요. 아무래도 이상해요! 이렇게 소리 없이 모든 계획이 진행되었다니요?"

"그게 다 무슨 흑막이 있는 거지요. 정치, 머니 게임, 이윤과 계산이 깔린."

"어쩌겠어요. 우리 같은 서민들은 그저 저절로 희생양이 되어버리는 세상인걸."

"그게 바로 이 세상의 보편적인 이치가 아닌가요?"

작가지망생의 분개한 음성이 들려왔다.

"사실 이 동네에서 오랫동안 재개발이 될 거라는 소문

이 들려오긴 했었지요. 그래도 나와 아내는 반신반의했지요. 아니, 도무지 누가? 번화가도 아닌 이런 구석에까지 재개발의 물결이 파고들어올지 상상이나 했겠어요?"

주인아저씨는 곧 처제집에 닥칠 폐업에 대해서도 체념한 듯 담담했지만. 단골손님들은 못내 섭섭한 기색을 떨치지 못했다.

"여러분들! 이제부터라도 우리가 처제집을 지켜봅시다!"

일간지 기자가 사람들을 둘러보며 단호하게 말했다.

"찬성이에요. 그럼 지금 재개발을 주도하고 있는 그 재벌회사 앞에서 재개발에 반대하는 데모를 해보는 건 어떨까요?"

단골손님들은 모두 모여 앉아 데모를 위한 구체적인 계획을 세워 보기도 했었지만, 그들은 스스로가 아무런 힘이 없는 사람들이란 사실을 누구보다도 잘 알고 있었다. 결국 그런 계획들도 대재벌회사 앞에서는 계란으로 바위치기식이라고 결론지었다.

이런저런 이유로 혼자 살고 있는 이들이 많았던 단골손님들은 평소에도 찾아와 푸짐한 식사와 막걸리를 마시며 많은 마음의 위안을 얻었던 만큼 자신들의 아지트였던 처제집의 폐업 후에는 어디로 가야할지를 몰라 저마다 긴 한숨을 내쉬었다.

일부 사람들은 처제집의 폐업에 대비해 처제집의 흔적을 보존하자는 이야기를 했다. 그리고 사람들은 모두 그 의견에 뜻을 모았다.

"그럼 이제 어떤 식으로 처제집을 우리의 문화유산으로 보존해야 할까요?"

신문기자가 앞으로 나와 단골손님들을 둘러보았다. 그때였다. 처제집의 벽을 찬찬히 바라보던 작가지망생이 말했다.

"제 생각엔 일단, 저 손님들의 낙서가 가득한 벽을 뜯어서 민속박물관에 기증해 보는 건 어떨까요?"

단골손님들과 나는 모두 그의 엉뚱한 제안에 놀랐다.

요즘처럼 프리미엄이 높은 신랑 신부처럼 점점 더 번듯해지고 반짝거리는 세상에서 오래되거나 낡은 것은 모두 부서져 쓰레기로 취급되기가 쉽기 때문이었다. 처제집 벽의 낙서 같은 낡은 손님들의 흔적을 보전하겠다는 생각을 했다니? 정말 엄청난 이야기였다.

"저도 그런 방법이 가능하다면 아주 좋은 의견이라는 생각이 드는군요."

신문기자가 작가지망생의 의견에 동의했다. 순간 나는 생각했다. 세상엔 아직도 분명 돈으로도 환산될 수 없는 것들이 남아있다고… 그리고 지금도 사람들은 이렇게 서로를 아끼는 정과 사랑과 추억을 보듬고 있지 않은가? 처제집과 오랫동안 정들었던 사람들의 마음이 나에게도 느껴졌다.

나는 처용과 제우스의 사연이 새겨진 벽면을 바라보며 생각에 잠겼다. 나의 마음이 복잡해졌다. 평소처럼 단지, 처용과 제우스의 흔적을 찾아보거나 지인들의 이름이나 사연을 읽어보고 싶은 마음의 여유도 모두 사라지고 없었다. 문득 어젯밤 단골손님들이 나누었던 이야기가 자꾸 떠올랐다.

처제집이 폐업을 해야만 할 상황에 대해 이해를 하면서도 몹시 마음이 무거웠다. 사실은 다른 손님들의 심정도 마찬가지였을 것이다.

그동안 처제집을 드나들게 된 건 행운이었다. 술집에 마련된 스테이지에서 가수들과 배우들이 자발적으로 출연해주었던 연극이나 음악회 같은 라이브 공연을 수없이 볼 수 있었기에 더없이 행복했었다. 그뿐이 아니었다. 주인 부부의 오랜 세월의 맛이 배어있는 모든 음식은 물론 막걸리와 빈대떡이 일품이었다.

아직까지 보았던 모든 공연 중에서도 나는 '처용과 제우스'의 공연을 가장 먼저 손꼽았다. 요즘 세상에 어디에서 처용과 제우스의 공연을 볼 수 있겠는가. '처용과 제우스'는 나에게 세상을 바로 보도록 깨우쳐 주었고, 동양과 서양의 의미에 대해 생각해 보게 했다. 동양과 서양을 아우를 수 있는 여유와 꿈을 주었고 원대한 미래를 꿈꾸게 했다. 단골손님들은 처용과 제우스의 공연을 보며 과거와 현재를 성찰했을 뿐만 아니라 세계 속의 '나'라는 존재를 돌아보게 되었다.

"처용과 제우스의 단막극을 볼 때마다 동양과 서양이 하나라는 생각을 떨칠 수 없더군요."

연극배우가 말했었다.

"그래요! 처용과 제우스는 생김새와 행동거지는 달랐지만 모든 사고방식은 일란성 쌍둥이라 할 만큼 닮았으니 그렇게 호흡이 잘 맞았던 게 분명해요!"

작가지망생의 말이었다.

"아프리카 대륙도 원래는 그다지 덥지 않았다더군요. 그러다 무슨 이유에선지 아프리카 대륙의 온대성 기후가 급속히 사막화되었다지요? 아프리카 대륙의 사막화에 나무와 풀들이 모두 죽어버리고 호수도 말라버리자 내리쬐는 태양의 강렬한 열을 받으며 오랜 세월이 지나는 동안 사람들의 희고 보드라운 피부가 검게 변해 흑인이라는 인종이 생기게 되었다지요."

"그뿐인가요? 태양의 위치가 비교적 먼 북유럽 같은 음지에선 태양의 빛을 받기 위해 사람들의 키 역시도 크게 자라도록 진화했던 거죠. 오랜 세월 동안 햇볕을 못 받으니 자연히 피부색도 눈처럼 희게 되었고요. 그러니까 모든 인간의 생김새도 자연과 환경의 지배를 받아 각양각색으로 변화했을 뿐이었지요."

"그러니까… 사실, 알고 보면 모든 세상의 변화와 진화의 과정들이, 모두 그런 식이었지요. 특별히 잘나서 그런 특정한 외모를 지니게 된 건 아니죠."

"그러니, 백인, 흑인, 황색인으로 분류하는 자체가 잘못된 거라고요. 그저 모든 인종들을 한 가족이라고 불러야 마땅하다니까요."

"지구의 기후는 늘 변화해 왔고 앞으로도 아무런 패턴이 없이 변화할 거라는군요."

"그건 일정한 패턴이 없는 인간의 삶과 마찬가지로군요."

"그러니 알고 보면 인간의 본질 자체도 그저 하나였을 거예요."

처제집 단골손님들은 내가 보기에도 선량했고 평화를 사랑하는 만큼 세상을 보는 눈도 열려 있었다.

아무리 세상이 험악해져가고 범죄 사건이 기승을 부려도 처제집이 있는 골목길만은 늘 조용했다. 가끔 취객들 사이에서 소소한 다툼이 있었을 뿐 이렇다 할 큰 사건이 터진 적도 없었다. 어찌 보면 오랜 세월 드나들던 단골들에게 처제집은 일종의 안전지대 역할을 해주었다.

"그동안 제가 이 집을 오랜 세월을 드나들 수 있었던 것도 고마운 일이었지요."

나는 사람들이 나누는 이런저런 이야기를 들으며 처제집을 둘러보았다.

주인아저씨가 나에게 막걸리를 가득 따라주며 물었다.

"그동안 무슨 일이 있었나 보지요? 요즘 한동안 보이지 않던데…."

"네, 집안일에 매달려 정신없이 바빴답니다. 매일 바람 잘 날이 없군요. 그런데 이제 곧 문을 닫게 된다고요? 정말 큰 충격이군요."

주인아저씨가 고개를 끄덕였다.

"끝까지 버티지 그러셨어요? 알박기라도 하면서…."

"그런 게 무슨 소용이 있나? 마음만 상하지… 아, 있는 분께서 하시겠다는 데 어쩌겠나… 하시라구 해야지…."

"다른 장소로 옮겨서 새로 시작하는 건 어떠세요? '뉴 처제집' 어때요? 장사는 잘될 텐데…."

"글쎄… 그런 생각두 안 해본 건 아니지만… 이제 그만 쉬고 싶구만, 나이도 있구… 나두 손님노릇 좀 하구 싶어요."

주인아저씨가 새삼 고마웠다. 그동안 이곳을 드나들었던 수많은 단골손님들을 잘 기억하는 분이었다. 그러고 보면 무심한 듯 이어지던 주인아저씨의 온기어린 관심과 정성이 처제집의 원동력이었다.

*

"제사를 지낸다고요?"

일간지 기자가 물었다.

"물론이지요."

교수가 말했다.

"그러니까, 그저 단순한 제사라기보다는 말이지요? 영

세불망, 우리의 처제집을 영원히 잊지 않는다는 그런 마음을 한데 모아보자는 취지인 거죠."

사람들이 교수의 말에 고개를 끄덕였다.

"맞아요! 처제집이 문을 닫게 되었으니 마땅히 제사라도 지내야죠."

"그래요! 어떻게 그냥 지나칠 수가 있겠습니까? 우리들의 추억의 장소가 영원히 소멸되는 마당에."

단골손님들은 처제집이 헐리기 전에 제사를 지내기로 마음을 모았다. 누구랄 것 없이 모두 십시일반으로 제사를 위한 돈을 냈다. 그날은 제사와 함께 공연을 겸하기로 결정했다.

주인아저씨의 카톡을 받은 이십여 명의 고객들이 모인 날이었다.

"우리 다같이 다시래기를 하는 게 어때요?"

남도 출신 무명가수가 자리에서 일어나 모두를 둘러보며 말을 이었다.

"여러분, '다시라기, 다시래기'라고도 부르는 다시라기는 원래 '다시 낳다' '다시 생산한다'라는 뜻이지만 또한 함께 즐긴다라는 의미로 출상 전날 밤샘을 하는 아주 익살스러운 놀이랍니다. 전라남도 진도의 장례 풍속으로 저도 어릴 때 몇 번 본 적이 있는데 정말 재미있답니다."

"다시라기라고요?"

"예, 그러니까 출상 전날 밤 빈 상여놀이를 통해서 세상을 떠난 이의 극락왕생을 기원하고 남은 자들의 애통함을 풀어주자는 의미로 여는 장례행사지요."

사실 이대로 헤어지기에는 섭섭했던 주인아저씨와 단골손님들은 의논 끝에 다시라기를 하기로 결정했다. 모두들 슬픈 마지막 날을 위해 활기 넘치는 놀이판을 벌리기로 한 것이다. 전통적인 다시라기 장례 절차를 따르기보다는 처제집 폐업을 기념할 겸 활기 넘치는 단골손님들만의 놀이판을 벌여보자는 의도였다.

"주인아저씨! 아무리 그래도 다시라기를 하루나 이틀 정도로 끝내는 건 너무 섭섭하지 않을까요?"

작가지망생이 말했다.

"그건 그래요. 우리가 이곳을 드나든 세월이 짧지 않은데…."

무명가수가 사람들 동의를 구했다.

"저도 그렇게 생각합니다."

"저도 찬성입니다. 지금 처제집이 사라지는 마당에 적어도 일주일은 해야만 조금 덜 서운할 것 같군요. 그래야 마음의 위로도 얻게 될 것 같고."

주인아저씨도 나도 무명배우도 찬성 쪽으로 표를 던졌다. 결국 단골손님들은 일주일 동안 다시라기를 하기로 결정했다. 처제집에서는 다시라기를 위해 평소처럼 빈대떡 등, 음식과 막걸리를 준비해 주기로 했고, 사람들은 매일 처제집으로 와 다시라기 연습에 참여하기로 했다.

*

일주일 동안 치렀던 다시라기 놀이로 인해 단골손님들은 죽음에 대한 깊은 성찰을 하게 되었다. 전통적인 다시라기 공연이 아닌 각자 자기가 할 수 있는 시 낭송, 춤추기, 노래 등으로 슬픔을 달래고, 처제집이 사라짐을 아쉬워하는 시간을 가진 것이다. 그러는 동안 사람들은 모두 죽음의 실체를 보게 되었고 자신들도 모르는 사이에 죽음과 허물없는 사이가 되어갔다.

놀이를 하다 쉴 때면 사람들은 모두 한 자리에 둘러앉아 죽음이란 단어들을 나열하는 놀이를 했다. 누군가 죽음을 뜻하는 단어를 카드에 써서 내놓으면 또 다른 사람이 그 뒤를 잇는 놀이였다.

–소천, 명복, 사망, 임종, 별세, 타계, 하직, 서거, 작고, 선서, 기세, 하세, 귀천, 영면, 영서, 영결, 운명, 절명, 향년, 졸, 불록, 선종, 소명, 소집, 유명, 역책, 결영….

불교 신자들은 아무래도 열반이나 입적, 입멸, 멸도를 꼽았고 천주교 신자들은 당연한 듯 선종을 꼽았으며 개신교인들은 소천을 꼽았다.

"자아! 그럼 이 많은 죽음 중 처제집의 죽음을 무어라고 불러야 할까요?"

누군가가 정말 궁금하다는 듯 물었다.

"일찍 죽은 걸 불록이라고 하니 불록은 절대 아니겠고… 그래도 꽤 오랫동안 가게를 운영해 왔으니 장수하다 죽은 졸이란 표현을 쓰는 게 맞지 않을까요?"

젊었을 때 고시공부를 했다는 일간지 기자가 고개를 갸웃했다.

"그건 아니죠! 처제집의 모든 정황을 보면 선종이라고 해야 마땅해요!"

삶과 죽음의 경계가 사람들의 마음속에서 서서히 허물어졌고 사람들은 점점 더 죽음의 실체에 대해 익숙해졌다.

놀라운 일은 단골손님들이 공연을 하는 동안 자발적으

로 자신에 대한 소개를 곁들였다. 묻는 이가 없어도 자신이 살아온 이야기를 들려주는 이들도 있었다. 그러나 무엇보다 처제집의 폐업과 장례식에 대한 이야기를 하며 슬픔을 달래는 동안 죽음에 익숙해졌을 뿐만 아니라, 살아오는 동안 미처 아물지 못했던 자신의 생채기와 마주하기도 했다. 그리고 그런 시간을 통해 느닷없이 화자와 단골손님들의 마음속에 쌓여 있던 아픈 감정들이 치유되는 효과까지 얻게 되었다.

첫 번째 날엔 작가지망생이 무대 위에 제일 먼저 등장했다. 그날 그는 주인아저씨 부부의 노고도 위로할 겸 노래를 불렀다. 무명배우는 무대 위에 올라 자신이 가장 잘하는 연기를 보여주며 좌중을 웃음바다로 만들었고, 연극배우 역시 봉사 마누라의 역할을 제격으로 연기하며 사람들의 인기를 독차지했다.

마지막으로 자신의 차례가 되자 일간지 기자가 무대에 올랐다. 그리고 좌중이 조용해질 때를 기다린 후 주머니에서 무언가를 꺼내 펴들었다. 그는 아주 낮은 톤의 조금 떨리는 음성으로 시를 낭송하기 시작했다.

〈추억을 닦으며〉

난 지금도
흰 연기 길게 내뿜으며
달리던 기차와
끝없이 이어지던 황량한
민둥산과 초가집들
보석 같은 글 한 줄이
눈부시던 책방과
담배연기 자욱한 다방
어두운 골목을 비추며
비틀거리던
구멍가게의 불빛과
먼지 쌓인 잡화상을
그리워한다.

아날로그란
먼지 쌓인 잡화상의
너저분한
잡동사니 속에 숨어있는

녹슨 은비녀 같은 것
추억을 오래 닦으면
또다시 아름다운
빛을 발하며 모두
되돌아오는

처제집과의 결별로 인해 젖은 잎새처럼 깊은 시름에 잠겨있던 사람들은 활기를 되찾았다. 각기 장기자랑을 하고 박장대소를 하며 시간이 흘러가는 동안 사람들은 모두 또 다른 자신과 마주했고 옛사랑을 떠올렸으며 새로운 사랑을 꿈꾸게 되었다.

마지막 날, 무대 앞에 차려진 제사상 위엔 영세불망이란 글씨와 함께 막걸리와 물병과 빈대떡이 조촐하게 차려져 있었다. 검은 정장의 물결 속에는 제우스와 처용도 섞여 있었다.

이윽고 우리의 주인공 처용과 제우스가 무대에 올랐다. 무대가 밝아지고 장단에 맞춰 춤을 추며 짧은 말을 주고받는 처용과 제우스는 평소처럼 엄숙하지 않고, 오히려 경쾌하고 명랑하게 놀았다. 관복이나 사모관대, 탈 같은 것도 벗어버렸다. 일부러 그러는 것이 분명했다. 그에 어울리게 장단도 장중한 궁중음악이 아니고, 사물놀이패가 맡아 한껏 흥을 돋우었다. 참석한 사람들도 흥겨운 추임새로 화답하며, 모두 하나가 되어 진하게 어우러졌다. 장례식이 아닌, 잔치의 마지막으로 딱 어울리는 신명이었다. 누군가 말했다. 진실로 서러움은 진실로 아름다움과 통한다, 가장 짙은 슬픔은 곧 아름다움이라고… 울지 않아도 충분히 슬플 수 있다고.

–오 노! 하아, 드디어 우리의 고향이 물에 잠겨버리는 건가? 수몰되는 건가?

–물속이 아니고 땅 속이라네, 땅 속!

–뉴 웨이브 이즈 커밍!(A new wave is coming!) 새 물결에 쓸려가는 거니 수몰 아닌가?

–하긴! 물이나 땅이나 거기서 거기, 오십보백보!

–우리는 죽는 건가 사는 건가? 아 위 다잉 오어 리빙?(Are we dying or living?)

–죽진 않겠지! 세상엔 죽어서도 사는 것이 많으니까

–브라보! 리브 포에버!(live forever!) 죽어도 산다? 얼씨구 좋다, 브라보! 이보시게, 처용! 그나저나 이제 우린 어디서 어떻게 만나나? 요새 젊은이들처럼 카톡이나 줌이나 그런 데서 만나나?

-예끼 이 사람! 그런 건 만남이 아니라, 그저 부딪침이라네! 우리야 직접 정겹고 진하게 만나야지. 동양과 서양의 어우러짐인데!

-만나? 어디서?

-어디긴 어디겠나? 당연히 처제집이지!

-하우스 오브 제우스 엔드 프린스 드레건?(House of Zeus and Prince Dragon?) 처제집? 문 닫는데? 없어진다는데?

-닫아도 안 없어져, 죽어서도 살아있어!

-어디로 이사라도 가나?

-옮겨가는 거지.

-어디로? 웨얼 아 위 고잉?(Where are we going?)

-모두의 가슴속으로!

-모두의 가슴속! 인 아우어 하트!(In our heart! Bravo!) 키야, 좋다! 뷰티풀, 원더풀, 브라보! 얼씨구.

-절씨구 좋다! 쳐라, 매우 쳐라!

처용과 제우스가 춤을 추기 시작하자. 장단이 흥건해지고 모두 한데 어우러져 덩실거렸다. 옛 장단 오늘 가락의 구분이 없고, 동서양의 차이도 없었다. 오로지 마음과 마음이 하나 되는 어울림으로….

그렇게 죽어서도 살아있는 것을 그리워하며 오래도록 덩실더덩실….

춤이 끝나자 사람들은 저마다 영세불망의 마음을 다지듯 제사상을 향해 고개를 숙였다.

이윽고 주인아저씨가 무대로 올라 고객들 앞에 섰다. 평소처럼 수줍음을 떨쳐버리지 못한 채 허리를 구부려 정중히 절을 한 후 말을 시작했다.

"여러분들 정말 감사합니다. 덕분에 많이 행복했습니다. 내 비록 술집을 하며 빈대떡과 막걸리를 팔며 연명을 해왔지만 그래도 아직까지 이 풍진 세상에 사람처럼 살 수 있었으니 그 이상의 행복이 어디 있겠습니까? 여러분 그동안 우리 처제집을 찾아주셔서 진심으로 다시 감사드립니다. 가족처럼 처제집을 사랑해주셔서 저희 또한 여러분들을 가족처럼 사랑했습니다. 여러분, 내가 가게를 닫는다는 소식을 듣고 친구가 시 한 구절을 보내줬어요. 아주 유명한 시인의 시라는데, 시인 이름은 모르겠고, 이런 구절입니다. '정성을 다해 사랑한다는 일은 얼마나 어렵고 무서운 결단인가' 시를 읽고 사실 찔리는 데가 많았어요. 여러분을 정성을 다해 사랑하지 못해 참말로 미안합니다. 너그럽게 용서해주세요. 그래도 부디 우리가 한마음으로 지냈던 다시라기 장례식을 잊지 맙시다. 언제나 따뜻한 시선으로 세상을 보며 살아갑시다. 여러분, 오늘은 처제집의 마지막 날이 아닌 새로운 시작의 날입니다. 말재간이 없어서 이만 그칩니다."

그리고 주인은 곧바로 노래를 부르기 시작했다. 뜻밖에도 루이 암스트롱의 노래였다. '멋진 세상'이라는 노래, 멜로디는 원곡 그대로였지만 가사는 즉흥적으로 붙인 것이었다.

여러분과 함께한 시간들
얼마나 행복했는지
오, 멋진 세상

잘 부르는 노래는 아니었지만, 이상하게 진한 감동이 왔다. 잔뜩 녹슨 쇳소리였지만 루이 암스트롱과는 달리 판소리의 수리성으로 질은 노래가 거기 있는 모든 사람들의 가슴에 스며들었다. 마음을 다해 정성껏 부르는 노래는 속으로 흐느끼면서 부르는, 눈물을 참으면서 부르는 노래였다. 모든 이의 가슴에 마음에 는개처럼 스며들었다.

정성을 다해 사랑한다는 일
정직했던 우리의 하루하루
행복했던 시간들
오, 세상은 얼마나 멋진가….

눈개처럼 잦아드는 노래를 들으며 모두들 행복했다. 우리의 하찮은 삶이 이렇게 뜨거울 수도 있다는 생각에 잠시나마 행복했다. 그렇게 천국은 뜨겁게 이어졌고, 한 시대가 불꽃처럼 세상 저편으로 스러져갔다. 그 현장을 지켜보면서 노래는 합창이 되었다.

우리가 함께 키운 나무 한 그루
이제 떠나가지만 죽지 않으리
우리 마음 안에서 늘 푸르리…
난 자신 있게 말할 수 있네
오, 얼마나 아름다운 세상인가….

노래를 마친 주인아저씨는 외치듯 말했다.
“여러분, 정말 얼마나 아름다운 세상입니까? 여러분을 만나 행복했습니다.”

| 발문 | 황충상 소설가, 동리문학원장

사람만화경

『처제집 인간풍경』을 읽고 나는 작은 발문을 쓰기 위해 어렸을 적 환상의 말을 소환한다. 이 이야기야 말로 사람만화경이다.

'곽설리만의 사람만화경'

동서양의 거대담론은 이제 인류사 속 명멸하는 빛으로 '어디서 무엇이 되어 만나느냐' 고 외친다. 김환기의 회화는 이 외침의 영원한 예술문장이다. 그 많은 중생의 빛 중에서 너와 나는 나찰이다, 부처다, 예수다, 사탄이다! 외치며 빛이 되어있다. 사랑하고 슬프고 기쁘고 외롭고 미워하고 고뇌하고, 그 덩어리로 탄생한 나와 너는 죽어버리는 맛으로 빛의 맛이 된다.

'처제집 인간풍경을 아시나요?'

답할 수 있다. 답할 수 없다. 무답이 답이다. 이미 소설은 이 말들을 처제집 무대에 올리고 벽에 걸었다. 그래서 처제집은 사람만화경이었다.

처용과 제우스의 만화경 속에 노래가 있다. 그 노랫말의 음악성이 생명의 강을 건너와 죽음의 강을 건너 천상에 이르렀다. 이렇듯 처제집 종장도 처연하지만 그 이미지는 죽어도 살아있는 다시라기(다시 낳고, 함께 즐기는)로 승화되어 멋진 세상을 구가하는 것이다.

'오, 멋진 세상 사람만화경!'

처제집 인간풍경

1쇄 발행일 | 2024년 01월 05일

지은이 | 곽설리
펴낸이 | 윤영수
펴낸곳 | 문학나무
편집 기획 | 03085 서울 종로구 동숭4나길 28-1 예일하우스 301호
이메일 | mhnmoo@hanmail.net

출판등록 | 제312-2011-000064호 1991. 1. 5.
영업 마케팅부 | 전화 | 02-302-1250, 팩스 | 02-302-1251

값 15,000원

ISBN 979-11-5629-172-5 03810